Wer kennt die Wege Gottes? Der Wind weht uns…

Geheimdienst-Thriller

Autor: Eduardo Esmi

Cover: Friedhelm Schmidt

ISBN: 9783743192652

Herstellung und Verlag: BoD - Books on Demand, Norderstedt

Zum Buch:

„Wer kennt die Wege Gottes? Der Wind weht uns ...,, Diese Nachricht kommt direkt aus der IS-Hochburg „Al Raqqa,,.
Ein Hilferuf oder eine Falle?
Nach den tödlichen Terrorangriffen von Paris, Brüssel und Berlin sucht der IS nach weiteren Möglichkeiten, um in Europa Angst und Schrecken zu verbreiten.
Die „Villa,, entsendet ihren besten Agenten, um den Absender zu finden. Zerstörung, Angst, Verrat, sowie Hinrichtungen und ein ungewöhnliches Geständnis erwarten ihn.

***

Autor:

Eduardo Esmi, geb. 1945 in Dänemark.

Nationalität: Deutsch

Lebte lange Zeit in West-Berlin.

Mehrere Berufe wie freier Handelsvertreter, Fotograf, Fotoreporter.

Ab 1981 in Spanien und Deutschland als Autor und Fotograf für etliche Verlage tätig.

Verheiratet mit einer Malerin, lebt mit ihr seit 1983 ständig in Spanien.

***

Inhalt:

Prolog

Kanada

Die Villa

Briefing

Der wiederkehrende Traum

Bonn

Al Raqqa

Natoflughafen Incirlik, Türkei

Traum und Wirklichkeit

Minarett

Joint Base Balad

Begegnung

Asifa

Verschollen

Flucht

Berlin

Epilog

***

Prolog

Der grüne Golf biegt in die Grand Street ein, vor dem Haus Nummer 151, stellt David Johnson den Wagen ab. Sein Weg von der Militär-Akademie- West Point bis zu seinem Haus beträgt nur 15 Miles, die er in gut 30 Minuten Fahrzeit schafft.

Newburgh am Hudson-River ist eine kleine ruhige Stadt, 66 Miles von New York entfernt. Nach hier hat er sich zurückgezogen, nachdem er sich von seiner Frau getrennt hatte. Den Gedanken an die Scheidung verdrängt er schnell, zu bitter sind die Erinnerungen daran. Er nimmt seine braune Tasche vom Beifahrersitz und schließt den Golf ab. Sein Haus ist weiß-blau gestrichen mit einem kleinen Stück Rasen vor der Tür. Zwischen Parkplatz und Haus steht noch ein Mimosenbaum, der im Sommer zwar Schatten gibt, aber jetzt seine Blätter verliert und ihn zwingt, das Laub zu entfernen. Ihn abzuholzen bringt er aber auch nicht fertig. Er blickt die Straße runter, vor einigen Häusern

spielen Kinder. Bekannte oder Nachbarn sieht er nicht. Es ist nachmittags 17 Uhr 35. Die Luft ist noch angenehm mild, nur die aufkommende Feuchtigkeit vom Hudson-River spürt man schon. Er steigt die neun Stufen zu seiner Terrasse hoch und schließt die Tür auf. Freut sich auf seinen Feierabend. Ein interessantes Buch erwartet ihn. Er geht in sein Wohnzimmer und dann zur offenen Küche. Entledigt sich seiner Uniformjacke und lockert seine Krawatte. Legt sich eine Kaffeekapsel in den Automat und räumt seine Tasche weg. Die Hausklingel schrillt. Er geht zur Tür. Sieht durch das Haustürglas, dass zwei junge Leute vor der Tür stehen. Eine junge hübsche Frau, ca. 170 cm groß, schlank, hellbraune Haut. Die Haare straff nach hinten gesteckt. Bekleidet mit einer Jeans und einem dunkelblauen Jackett. Der Mann ist etwas kleiner, schwarzes kurzes Haar, Vollbart, verkniffenes Gesicht. Auch er trägt Jeans mit einer schwarzen Stoffjacke. Über der Schulter hängt eine braune Ledertasche.
>>Herr Johnson? Sind Sie David Johnson?<<
Die junge Frau tritt dichter an die Tür. Wir sind Journalisten und bitten Sie um ein Interview über

Ihre Zeit im Irak.<<
David öffnet die Tür und tritt der Frau entgegen.
>>Als Journalisten sollten Sie wissen, dass ich nicht über Einsätze im Irak sprechen darf, aber bitte kommen sie rein. Ihre Namen hätte ich schon gern gewusst.<<
Im gleichen Augenblick bereut er seine Einladung ins Haus. Ein Gefühl der Gefahr warnt ihn. Die junge Frau lächelt ihn freundlich an.
>>Mein Name ist Basri und mein Kollege heißt Saad. Möchten Sie unsere Presseausweise sehen?<<
Er geht vorweg ins Haus. *„Basri, Basri, woher kenne ich den Namen?,,* Die beiden Journalisten folgen ihm. Im unteren Stockwerk ist die Wohnung einfach geschnitten. Vom offenen Flur geht eine Treppe nach oben zu den Schlafräumen. Unten liegt links die amerikanische Küche. Nach hinten endet das Wohnzimmer mit zwei Türen, eine geht zum Bad, die andere führt in den Garten. Der Wohnraum ist mit alten Möbeln eingerichtet, nur auf dem Schreibtisch steht ein moderner Bildschirm sowie ein Telefon. Über dem Sofa hängt ein Bild, was das Panorama einer

Berglandschaft zeigt. Rechts an der Wand hängt ein überdimensionaler Flachbildfernseher. An der linken Wand hängen Fotos aus seiner aktiven Militärzeit.
>>Darf ich Ihnen was zu Trinken anbieten, ich brauche jetzt meinen Kaffee. Bitte setzen Sie sich, ich bin gleich wieder bei Ihnen.<<
Der junge Mann schüttelt seinen Kopf. Sie lehnt dankend ab. Nach wenigen Minuten betritt David mit einer dampfenden Tasse Kaffee sein Wohnzimmer wieder. Eine negative Spannung liegt in der Luft. Die beiden haben sich gesetzt, sie in einen der Sessel, er auf das Sofa. David schiebt seinen Sessel so, dass er beide im Blickfeld hat.
>>Für welche Zeitung arbeiten Sie bitte?<<
Der Mann antwortet mit kurzen Worten: >>Nur für die Al-Sabah-Zeitung in Bagdad. Wir schreiben einen Bericht über amerikanische Soldaten, wie sie jetzt nach dem Krieg in ihrer Heimat zurechtkommen.<<
Sie erhebt sich aus dem Sessel und geht auf die Fotos zu.
>>Sie gestatten, dass ich mir Ihre Fotos anschaue?<<

An der Bilderwand schaut sie sich alle Aufnahmen interessiert an. Dreht sich um lässt ihren Blick durchs Zimmer gehen und sagt: >>So wohnt also ein Mörder!<<
Erstaunt fragt David.
>>Wie bitte, was haben Sie eben gesagt, Frau Basri?<<
>>Sie haben mich schon richtig verstanden Herr Johnson, ich habe Sie gerade einen Mörder genannt. Einen Mörder in Uniform, wie viele Ihrer Kameraden auch, die im Irak waren.<<
David steht auf.
>>Hiermit ist Ihr Besuch beendet, ich darf Sie bitten, mein Haus zu verlassen.<<
Mit einem Griff zieht sie eine Pistole.
>>Oh nein mein Herr, wir sind hier noch nicht fertig.<<
Hass strömt aus ihren Augen.
>>Kennen Sie das?<<
Sie legt ihm eine fleckige Visitenkarte auf den Tisch und schaut ihn herausfordernd an.
>>Die Flecken, die Sie da sehen, sind mein Blut und meine Hautreste. Vielleicht erinnern Sie sich jetzt, Herr Johnson oder soll ich lieber sagen Captain Johnson?<<

Schiebt einen Jackenärmel hoch und zeigt ihm die vernarbte Rückseite ihres Arms.
\>\>Ich werde Ihnen eine kleine Denkhilfe geben. Erinnern Sie sich an Najaf, Captain? Dort haben Sie meine Familie ausgelöscht und mich fast verbrannt. Mein Name ist Asifa Basri, und behaupten Sie nicht, den Namen noch nie gehört zu haben. Wie Sie sehen, Captain Johnson, holen Ihre Opfer Sie ein. Es ist viel Zeit vergangen, mein Weg hierher war sehr mühsam und lang. Das Gefühl der Rache aber treibt einen weiter, bis man im Wohnzimmer des Mörders seiner Familie steht.<<
Erstaunt blickt er sie an. Versucht, das kleine Mädchen von damals zu erkennen.
\>\>Du bist das kleine tapfere Mädchen, was keinen Laut der Klage und der Schmerzen von sich gab? Mein Gott schön, dass du mich gefunden hast. Jahrelang habe ich Dich im Irak gesucht. Immer hieß es Sie liegt in der Klinik, dann wieder in einer anderen. Ich war durch Einsätze und später durch private Sorgen abgelenkt, konnte nicht so handeln wie ich es mir gewünscht hätte.<<
Schüttelt ungläubig seinen Kopf, kann es nicht

fassen. Forscht in ihrem Gesicht nach Erinnerungen.

>>Opfer? Das mit Deiner Familie tut mir aufrichtig leid, wir konnten es damals nicht verhindern. Wir alle sind Opfer, nicht nur Du Asifa. Der Krieg ist ein Moloch, ein Tier, das alles verschlingt, egal auf welcher Seite Du stehst. Dem Krieg ist es gleich, ob Du jung bist, oder alt, ob Du unschuldig bist, oder nicht, er verschlingt dich ohne Gnade. Meine Freunde, Kameraden alle gefallen. Bei mir persönlich, meine Familie hat sich von mir getrennt, als ich verstört aus dem Krieg heimkehrte. Aber das Schlimmste ist, es verändert uns alle. Nicht zum Guten, oh nein. Mein Vertrauen in die Menschlichkeit, Achtung vor dem Leben, die Fröhlichkeit, oder besser gesagt die Leichtigkeit des Lebens, all das aufgefressen von Misstrauen, Brutalität, Hass und Angst. Nachts kommen dann die Albträume. Somit kommt man nie zur Ruhe. Jetzt kommst Du und willst von mir stellvertretend für Dein Schicksal Rache? Mein Gott Asifa, Du glaubst ja nicht, welchen Gefallen Du mir damit erweist, wenn Du mich jetzt erschießt. Tu Du es, wofür ich immer zu feige

war. Ich weiß nicht ob Du das Zitat kennst:,, *Nur die Toten kennen das Ende des Krieges*". Aber bevor ich hier sterbe, will ich Dir noch Deine Geschichte erzählen.<<

Muhammed springt auf und schreit Asifa an.

\>\>Erschieß den ungläubigen Hund endlich, der lügt Dich doch nur voll. Bettelt gleich um sein elendes Leben. Mach dem ein Ende, oder soll ich es für Dich tun?<<

Eine Handbewegung von ihr stoppt seine Rede.

\>\>Lass ihn erzählen, ich will es hören, was er zu sagen hat, was ist damals in Najaf passiert?<<

Sie schaut jetzt wieder David an.

\>\>Egal was Du mir erzählst, sterben wirst Du auf jeden Fall.<<

David nimmt einen Schluck aus seiner Kaffeetasse und spricht weiter.

\>\>Deine Geschichte ist bei mir im Gehirn eingebrannt, als wäre sie gestern erst passiert. Auch nach zwölf Jahren noch. Wir standen mit unserm Jeep an der Ecke zu Eurer Straße. Meine Männer wurden von Euren Soldaten aus den Häusern beschossen. Ich forderte Luftunterstützung an. Es kamen Hubschrauber und nahmen die einzelnen Widerstände unter

Feuer. Mit einem Mal liefst Du als Kind auf den Balkon, winktest dem Piloten zu. Gleichzeitig wurde das Feuer auf den Apache eröffnet. Der schoss eine Hellfire ab, die dann bei Euch in der Wohnung einschlug. Du flogst durch die Explosion brennend auf einen Heuhaufen, der sich sofort entzündete. Wie Du da rausgekommen bist, ist ein wahres Wunder. Wir fuhren Dir entgegen, mein Fahrer John und mein Kamerad Steven, beide sind noch im gleichen Monat gefallen. Ich wickelte Dich in meine Uniformjacke, um die Flammen zu ersticken. Dann brachten wir Dich zu unserem Feldlazarett. Du hast nicht geweint, nicht geschrien, obwohl Du furchtbare Schmerzen haben musstest. Vor dem Zelt drückte ich Dir noch meine Karte in Deine kleine Hand. Mein Krieg ging weiter. Mehr habe ich nicht zu sagen.<<
>>Dann warst Du der Amerikaner, der die Rechnungen für die Operationen bezahlt hat?<<
David nickt nur.

Sie ist erstarrt, aber seine Worte lösen eine Sperre in ihr. Die Erinnerung kommt in Schüben zurück. Ihre Familie im Wohnzimmer. Die

Ermahnungen ihres Vaters.,, *Asifa, ich bitte Dich, komm vom Fenster weg, es ist zu gefährlich*,,. Ihre Geschwister, die bei jeder Explosion zusammenzuckten. Sie sieht die Rakete auf sich zukommen. Hört die Explosion hinter sich in der Wohnung. Sieht sich im Jeep auf seinem Schoß sitzen. Sein Gesicht von damals vor sich. Hört seine leisen zärtlichen Worte, die sie beruhigen sollten, und ihre Hand, die die Visitenkarte verkrampft umschlossen hält.

>>Schluss jetzt Asifa, ich lege das Schwein um. Wie viele er von unseren Leuten getötet hat, das erzählt er Dir aber nicht.<<
Zieht eine Pistole aus dem Hosenbund und legt auf David an.
Schüsse peitschen auf. Fassungslos starrt Muhammed Asifa an. Kippt dann langsam in sich zusammen. Immer noch wie erstarrt steht Asifa im Wohnzimmer. Ihre Augen füllen sich mit Tränen, die ihr dann die Wangen runter rinnen. Tränen, die jetzt den jahrelangen Hass auflösen und ihr die Trauer um ihre Familie ermöglichen.

David steht auf und nimmt ihr die Pistole aus der Hand und legt sie auf den Tisch. So stehen sie sich minutenlang schweigend gegenüber.

Aus der Ferne kommen Polizeisirenen immer näher. Er nimmt sie in den Arm und sagt; >>Komm Asifa, geh nach oben, ich regel das hier. Ruhe Dich aus, wir sprechen später weiter. Wir haben uns doch noch so viel mitzuteilen.<< Heftig schluchzend geht Asifa die Treppe hoch und verschwindet im dunklen Flur.

***

Kanada

Als die Militärpolizei gegangen ist, räumt David sein Wohnzimmer auf. Betritt dann leise das Schlafzimmer, Asifa liegt schlafend auf dem Bett. Geräuschlos schließt er von außen die Tür. Tausend Gedanken durchlaufen seinen Kopf.
»Wie soll ich mich verhalten? Sie noch melden? Nein, dann verliere ich sie für immer. Ihr helfen? Aber wie? Ich mach mich strafbar, kann meinen Job dadurch verlieren. Ist sie eine gesuchte Terroristin?«
Mittlerweile hat sich die Dunkelheit über den Ort gelegt. David zieht die Vorhänge zu und setzt sich grübelnd auf sein Sofa. Der Fernseher läuft, ohne dass er ihn eines Blicks würdigt. Fragt sich immer wieder; *»Was ist diese Mädchen für mich? „Meine Schuld in der Situation in Najaf? Seelenverwandtschaft? So etwas wie eine Tochter, die mir das Schicksal zugedacht hat? Oder nur das zufällige Zusammentreffen zweier Menschen im Krieg?«*
Seine Gedankengänge werden unterbrochen

durch ein Geräusch auf der Treppe. Asifa kommt langsam verschlafen die Treppe runter.
>>Ist alles vorbei? So gut habe ich lange nicht mehr geschlafen.<<
>>Ja, jetzt müssen wir einen Weg finden Dich hier sicher wegzubringen.<<
In diesem Augenblick klingelt das Telefon.
>>Ja bitte.<<
>>Captain Johnson? Hier Marine Corps Intelligence Activity (MCIA) wir haben gerade Ihren Vorfall auf dem Tisch. Unseren Glückwunsch für Ihr Verhalten. Sind Sie so soweit OK? Aber jetzt zu unseren Fragen, haben Sie Ihrer Aussage noch was hinzuzufügen? Sie wissen, jedes kleinste Detail kann wichtig sein.<<
>>Nein, wenn mir im nachhinein noch etwas einfallen sollte, melde ich das unverzüglich.<<
>>Gut. Der Terrorist ist allein bei Ihnen erschienen?<<
>>Ja natürlich, warum?<<
>>Wir haben den Hinweis, dass er noch mit einer zweiten Person gesehen wurde. Können Sie sich erklären, warum die ein Attentat auf Sie verüben wollten?<<

>>Angeblich für unseren Einsatz im Irak. Zu mehr kam es dann nicht und von einer zweiten Person ist mir nichts bekannt.<<
>>Passen Sie auf sich auf, einen weiteren Anschlag auf Sie können wir nicht auszuschließen. Brauchen Sie eine Sicherheitsstufe?<<
>>Danke ich komme schon zurecht. Wie soll denn die zweite Person aussehen?<<
>>Es ist eine Irakerin, eingereist als Journalistin. arabisches Aussehen, Sie kennen ja den Typ-Frauen aus Ihrer Militärzeit dort.<<
>>Gut, ich werde mich vorsehen bei meinen nächsten Frauenbekanntschaften. War es das?<<
>>Von unserer Seite für heute ja, einen guten Abend noch.<<

*

>>Asifa, das war der Geheimdienst, die suchen Dich. Weißt Du, wie Du hier jetzt wegkommst?<<
Sie schüttelt ihren Kopf.
>>Der Leihwagen, den wir in New York angemietet haben, war auf den Namen von

Muhammed gemietet. Den kann ich ja vergessen, der wird doch sicher schon sucht.<<
>>Ok, lass uns gemeinsam überlegen. Aus den Staaten kommst Du normal nicht mehr raus. Die Buslinien und Flughäfen sind blockiert. Da bleibt nur mein Wagen. Lass mich mal kurz nachdenken.<<
Er geht grübelnd durch das Wohnzimmer.
>>Ich habs, wir fahren nach Kanada zum Angeln. Von Toronto, Ontario oder Montreal nimmst Du eine Maschine nach Asien oder Europa und dann zurück nach Syrien. Wo lebst Du jetzt?<<
>>In Syrien, Al Raqqa.<<
>>Shit, da kann ich Dich doch nie sehen. Das ist doch IS-Gebiet. Aber ich finde einen Weg, wenn es Dir recht ist. Jetzt wo wir uns wieder gefunden haben. Für mich bist Du wie meine Tochter, die ich nie hatte. Bin ich froh, dass Du mich gefunden hast, auch wenn dein Motiv nicht gerade Ehrenvoll war. Unsere Zukunft planen wir später wenn es passt. Aber das entscheidet sich noch, jetzt musst Du erst einmal hier weg. Hattest Du hier in Land Kontakte?<<
>>Ja, in New York, hier nicht.<<

>>Wussten die, wo ihr hinwolltet?<<
>>Nein, so etwas wird bei den Brüdern nie gesagt.<<
>>Ok, heute ist Freitag, wir fahren Morgen frühmorgens los. Du musst die ersten Kilometer hinten im Kofferraum verbringen. Wird verdammt eng, aber es geht nicht anders. Wenn wir aus der Stadt sind, kommst Du nach vorn. Bleib hier im Zimmer und geh nicht an die Fenster, ich bin gleich wieder zurück. Die Nachbarn sind bestimmt neugierig und werden sicher gleich nachfragen. Ich erzähl denen, dass ich Ruhe brauche und zum Angeln fahre. Dann sehen wir weiter.<<
>>Komm bitte gleich wieder, ich fühle mich hier allein sehr unsicher.<<
>>Ok, ok, bis gleich.<<

*

Der Golf verlässt die Grand Street um 4:09Uhr. Die Straße ist menschenleer, es herrscht noch Dunkelheit, alle Nachbarn schlafen. Die Luft ist feucht und kühl. Asifa liegt unter einer leichten Wolldecke auf der Rückbank des Fahrzeugs. Die

Fahrt geht über die Überlandstraße 81nach Clayton am Ontariosee. Schweigend verläuft die Fahrt. David spürt, dass Asifa noch nicht sprechen will. Sie hängt in ihrem Gurt und döst vor sich hin. Am Hafen angekommen, parkt er den Wagen so, dass man das Hafenbecken einsehen kann.

>>Warte einen Augenblick, ich schaue nach ob unser Kapitän schon da ist, bin gleich wieder zurück.<<

Die ,, Ontariastar,, liegt vertäut am Kai. Kapitän Ryder steht davor und raucht.

>>He Ryder alter Freund, schön Dich zu sehen. Alles in Ordnung, genug Bier und gute Laune an Bord?<< Der grinst nur.

Die beiden Männer schütteln sich freundschaftlich die Hände.

>>Keine Tasche, wo hast Du Deine Angelruten?<<

>>Kommt alles noch, wollte nur schauen ob Du schon da bist. Hole meine Bekannte und das Gepäck, mach Du das Boot klar, damit wir los können.<<

Nach einigen Minuten sind David und Asifa am Boot. Verstauen ihr Gepäck im Boot. David löst das Tau und die Ontariastar tuckert langsam aus dem Hafen. Vorn im Steuerhaus stellt David, Asifa mit anderem Namen vor.

>>Skipper, das ist Monika aus Europa, ein lieber Gast, dem ich unseren gemeinsamen See vorstellen will und der dann von eurer Seite weiterreist. Ich mache die Angel fertig, Du gibst Bescheid wenn wir loslegen können.<<

Ryder blickt sie nur kurz an und wendet sich wieder der See zu. Murmelt nur:

>>Schöne Frau.<<

Asifa macht es sich im hinteren Teil des Schiffes gemütlich. Obwohl die Sonne scheint ist der leichte Wind frisch. Sie zieht ihren Kragen bis an den Hals hoch. Als David die beiden Angeln ausgeworfen und in der Halterungen befestigt hat, setzt er sich neben sie.

>>Kannst Du über Dein Leben sprechen oder brauchen wir beide noch Zeit mit einander? Ich möchte schon wissen wie es Dir so ergangen ist. Habe im Irak immer versucht, Dich zu finden, aber das war durch die Kriegswirren nicht einfach, praktisch unmöglich. Nur die Rechnungen die später an die Armee kamen, hinterließen eine Spur, der ich leider nicht

nachgehen konnte. Bei Besuchen in den Kliniken warst Du schon wieder verlegt. Keiner wusste genau wohin. Kriegswirren eben. Dann war der Einsatz bei euch für mich zu Ende und meine Probleme hier bei uns begannen. Darüber möchte ich aber nicht sprechen. Unsere gemeinsame Zeit ist mir viel zu wichtig, als über alte Probleme zu reden. Eine Frage musst Du mir aber beantworten; „*Warum wollest Du mich töten?*„<<

Sie wendet ihren Blick vom Wasser zu ihm hin, schaut lange in sein Gesicht.

\>>In meiner Erinnerung, und die war nur lückenhaft, sah ich Dein Gesicht, die Flammen, den Schmerz, den Verlust meiner Familie. Die Propaganda gab Dir an meinem Leid die Schuld. Deine Karte war dann die Spur die ich verfolgen konnte. Ruhelos vergingen die Jahre, nur der Gedanke an die Rache für meine Familie blieb. Den Rest kennst Du ja. Ich habe immer geglaubt, dass Du der Hubschrauberpilot warst, der meine Familie umgebracht hat. Ihr habt doch die Vorliebe, Eure Karten bei den Toten zu hinterlassen, so glaubte ich, dass die Karte, die ich in meiner Hand hielt, auch vom Mörder

meiner Familie war. Erzähle mir noch einmal genau was damals passierte. Es ist sehr wichtig für mich.<<
David holt sich ein Bier und setzt sich wieder neben sie.

*

Er schaut in den Horizont und beginnt langsam mit seinem Bericht.
>> Mein Befehl lautete in euren Stadtteil zu fahren, um zu überprüfen, ob das Gebiet um die Moschee feindfrei ist. Es war der 21 März 2003. Der Einsatzplan sah vor auf jeden Fall die Iman-Ali-Moschee zu verschonen und sie aus eventuellem Kampfgeschehen rauszuhalten. Als wir, das waren mein Fahrer und ein Soldat, in die Iman-Sadiq-Straße einbogen, wurden wir mit heftigem Gewehrfeuer belegt. Wie zogen uns zurück und forderten Luftunterstützung an. Der Pilot schoss dann eine Rakete auf eine vermeintliche Feindstellung ab. Dass es auch Unschuldige, wie Deine Familie traf, kommt in Kriegseinsätzen einfach vor. Es tut mir aufrichtig leid um Deine Familie, Asifa. Ich sah Dich auf

den Balkon kommen, als die Rakete auf eure Wohnung zuflog, einschlug und Du durch die Luft geschleudert in einem Heuhaufen landestest. Der sofort in Flammen stand. Wir rasten auf Dich zu. Du hattest Dich schon aus der Flammenhölle befreit. Die Haut in Fetzen, Deine Haare, fast alles verbrannt. Deine Kleidung brannte noch. Grauenhaft. Ich fing Dich auf und wickelte Dich in meine Uniformjacke, um die Flammen zu ersticken. Hielt Dich dann bei mir auf dem Schoß bis wir bei uns im Feldlazarett waren. Versuchte Dich zu beruhigen, denn Dein Körper bebte vor Glut und Schmerz. Was aber für uns alle unglaublich war, Du bliebst still in Deinem Leiden, kein Ton des Schmerzes, kein Jammern, nur Deine Augen spiegelten Dein Leid wieder. Als ich Dich den Ärzten übergab, drückte ich Dir noch meine Visitenkarte in Deine kleine Hand. Dann ging für mich der Krieg weiter. Bei der Suche nach Dir ging ich eines Vormittags in ein Hospital um nach Dir zu fragen, als ich zurück kam, waren mein Fahrer und mein Soldat tot, lagen in ihrem Blut auf der Straße. Oben auf dem gegenüberliegenden Dach auch zwei tote Iraksoldaten. Vier Tote, davon

zwei noch Jugendliche. Das alles in nur wenigen Minuten. Für was? Ein Wahnsinn ohne Sinn, ohne Vorteil, nur Hass. Nein, das war nie mein Krieg. Es stellt sich die Frage, ab wann man Krieg führt und warum. Aber lassen wir das, ich wollte Dir nur noch einmal Deine Geschichte aus meiner Erinnerung schildern. Komm lass uns über die Zukunft sprechen.<<
Als er sich Asifa zu wendet, bemerkt er ihre Tränen. Sie hatte stumm geweint.

*

Ein Glöckchen klingelt, die Angelrute zuckt.
>>Ein Fisch, ein Fisch, was soll ich jetzt machen?<<
Asifa weiß vor Aufregung nicht wie sie sich verhalten soll.
David versucht zu erkennen welche Größe an der Angel hängt.
>>Ruhig bleiben, nur ruhig bleiben, den holen wir uns gemeinsam. Hast Du schon mal geangelt?<<
Er ruckt mit der Angel und übergibt sie ihr dann.
Der Kampf dauerte zwanzig Minuten, dann war

der Fisch an Bord. Asifa erschöpft und glücklich.
\>\>Wir haben da aber einen ganze besonderen Fisch gefangen. Kennst Du die Art? \<\<
Sie schüttelt den Kopf.
\>\>Das ist ein Lachs, so um die 25 Pfund, mein Glückwunsch, der ist selten hier.\<\<
Kommt von vorn aus der Kajüte.
\>\>Du bestimmst was mit den Fisch passiert, soll ich mir den zubereiten oder spenden wir ihn an die Familie von Kapitän Ryder?\<\<
\>\>Bitte schneide ihn ab und lass ihn ins Wasser zurück. Er hat mir Freude bereitet, dafür hat er seine Freiheit verdient.\<\<
Glücklich schaut sie wie der Fisch im Blau des Wassers verschwindet.

*

\>\>**D**ort weit hinten liegt Gananoqe, unser Zielhafen. Wir sind hier schon in Kanada. Wenn wir im Hafen sind musst Du schnell verschwinden, bevor der Zoll oder ein Hafenbeamter kommt. Ich sprech das mit Ryder ab, der ist ein Freund.\<\<
David verschwindet in der Kajüte. Sie steht vorn

im Schiff und blickt in die Ferne. Erkennt die Schönheit des Landes, das Wasser kristallklar bis türkisfarben. Die Berge am Horizont in hellblau bis dunkelgrau, dazwischen das satte grün der Wälder Er kommt nach einiger Zeit zurück und stellt sich zu ihr.
\>>Alles klar, sein Neffe fährt Dich zum Flughafen Montreal. Dauert so um die drei Stunden. Ich habe das Finanzielle schon geregelt, du kommst doch von dort allein weiter, oder? <<
Sie lächelt ihn an.
\>>Dafür, dass Du mein Feind bist, sorgst Du Dich schon.<<
Er schließt sie in den Arm und sagt:
\>>Ja, ja die geliebte Feindin ist zur Familie geworden. Für mich bist Du wie eine Tochter um die ich mich sorgen muss, das solltest Du nie vergessen.<<

Langsam läuft die Ontariastar in den Heimathafen ein. Am Kai steht ein junger Mann und winkt. Die beiden verlassen das Boot und gehen auf den Fahrer zu. Beim Abschied am Auto sagt er leise:>> Wenn Du Dich in einem Zeitraum von einem Jahr nicht bei mir meldest,

komme ich und suche Dich, egal wie lange und wie gefährlich das dann ist.<<
Löst sich von ihr, dreht sich abrupt um und geht zum Boot zurück. Tränen stehen ihm in den Augen. Sie steigt in den Wagen schaut lange hinter ihm her.
>>Fahr los.<<
Ihre Stimme ist rau und emotional.

***

Die Villa

Das Gebäude war einmal ein Gästehaus der Bundesrepublik Deutschland. Jetzt ist die Regierung längst nach Berlin übergesiedelt. Eine Information & Informatik GmbH & OHG ist jetzt Besitzer des Gebäudes samt der Tiefgaragen. Außerdem besitzt die Firma noch weitere Gelände nähe Bergisch Gladbach. Von außen sieht das Gebäude in Bonn aus wie jedes normale Bürohaus, das einmal eine Jugendstilvilla war, nur die Dachaufbauten sind ungewöhnlich. Darunter verstecken sich die neusten Funk- und Übertragungsantennen. Auch, dass die Mitarbeiter alle durch die Tiefgarage ins Haus eintreten, ist ungewöhnlich. Der Haupteingang wird nur selten von der Belegschaft benutzt. Nur Gäste betreten den Empfang so. Das Äußere des umgebauten Bürohauses, täuscht über den hochmodernen Inhalt der einzelnen Abteilungen des Hauses hinweg. Die Sandsteinfassade mit den vier Säulen ist schon seit langem schmutzig-grau bis

schwarzgrün und lässt die Villa hinter den Bäumen verschwinden. Nur die verspiegelten Fenster könnten Betrachter eine moderne Inneneinrichtung vermuten lassen. Im Grunde ist das Haus ein Riesencomputer, der nur auf mehrere Ebenen und Abteilungen aufgeteilt ist. Es stellt das Neuste und Modernste dar, was in Deutschland zu finden ist. Keine Regierungsabteilung oder Firmen-IT ist auf dem technischen Stand wie diese Firma. Alleine sechs Mitarbeiter beschäftigen sich mit einem sogenanntem Kryptogramm, ein Instant-Messaging-System.
Die Sicherheitsvorrichtungen sind auf dem neusten Stand der Technik, weltweit. In Sekunden können schwere Metallgitter das Gebäude zu einer Festung werden lassen. Das Haus ist von außen nicht nur abhörsicher, sondern auch nicht einsehbar.

*

Robert Hartmann, 38 Jahre, 184 cm groß, schlank, dunkelhaarig mit einem Dreitagebart. Sein Körper besteht nur aus Muskeln und

Sehnen. Er sieht aus wie viele junge Männer heute. Nur wenn man in seine stahlgrauen Augen blickt, kann man seine Härte erkennen. Früher GSG 9 Kämpfer, heute Spezialagent. Teamführer der Gruppe 27. Spricht neben Englisch, Spanisch, Arabisch noch Französisch. Er war als einer der besten Schützen der GSG 9 bekannt. Pilotenschein für Hubschrauber. Waffenkunde ist sein Hobby.

*

Er erinnert sich an seinen ersten Tag in der „Villa".

Ein Summton gibt die Türsperre frei. Die Eingangshalle erstaunt ihn dann doch. Er steht inmitten von Spiegelwänden. Der Raum bestehend nur aus Spiegeln, sogar die Decke ist verspiegelt. Nur der Boden ist aus poliertem hellem Marmor. Es herrscht hier im Gegensatz zu den kühlen Temperaturen draußen, eine angenehme Wärme. Keine Treppe oder Aufzug, der nach oben führt. An einer Wand erkennt Robert so etwas wie ein Eingabegerät. Nach einer Personalkontrolle hält er vergebens

Ausschau. Er steht alleine im Raum und sieht sich von allen Seitengespiegelt. Eine mechanische Stimme fordert ihn auf, seine Metallteile wie Waffen, Uhr oder Geldstücke in die Ladevorrichtung zu legen. Wie von Geisterhand öffnet sich aus einem der Spiegel die Schublade. Dann wird er gebeten, seinen Namen und die Zahl 113 in das Eingabegerät einzutippen. Eine Spiegelhälfte fährt geräuschlos zur Seite und gibt dadurch einen Lift frei. Er betritt den verspiegelten Lift, sucht nach Etagenkontakten, nur Spiegelwände auch hier. Der Lift bewegt sich nach oben. Nur kurz ist die Fahrt. Die Tür öffnet sich geräuschlos.
Ein schlanker weißhaariger Mann in einem grauen modernen Anzug steht vor ihm. Er schätzt ihn um die 60 Jahre.
>>Herr Hartmann, schön, dass ich Sie begrüßen kann. Ich darf mich kurz vorstellen. Mein Name ist Alexander Preuss, Leiter dieser Firma. Aber bitte kommen Sie in mein Büro.<<
Das Büro stellt das Gegenteil von der Eingangshalle dar. Alles mit einem warmen Edelholz verkleidet. Die Möbel und Lampen einfach, fast konservativ. Nur der

Schreibtischsessel und der Bildschirm auf dem Schreibtisch sind modern. Robert schaut sich um. Er steht auf einem dicken Teppich, sein Blick geht durch die großen Fenster über die Straße zum Rheinufer. Der Schreibtisch ist so gestellt, dass Herr Preuss auf den Rhein sowie auf die riesigen Bildschirme, die an den Holzwänden hängen, sehen kann. Links vom Schreibtisch steht ein Konferenztisch, an dem bis zu sechs Personen Platz haben.

Seine Worte klingen heute noch nach.
>>Lassen Sie mich einige Ausführungen machen, das erklärt am besten unsere Firmen-Philosophie.
Unser Haus ist absolut unabhängig und geheim. Wir unterstehen keiner Institution oder einem Amt, nur uns selbst. Durch Unterstützung von Wirtschaft und Industrie sind wir auch finanziell unabhängig. Sie werden das bei vielen Einsätzen erfahren. Aber jetzt zu unserem Anliegen. Wir, ich spreche jetzt von allen Mitarbeitern des Hauses, wollen die Besten in ihrem Fach sein. Nicht nur in Deutschland, weltweit. Nehmen wir unsere IT- Fachleute, sie besuchen regelmäßig

alle Hackertreffen und Messen, wie zum Beispiel den Kongress DEFCON in Las Vegas. In der Cyberwelt stehen wir ganz oben. Sie werden ja noch mit den Techniken vertraut gemacht. Ach noch eins, wir duzen uns hier im Haus, ich darf doch Robert zu Dir sagen. Mein Name ist Alexander. Lass mich zurück zu unserem Haus kommen. Die Cyberwelt, damit meine ich Satellitenkommunikation, Internet und Funktechniken, wird von vielen Ländern überalles gestellt. Nicht bei uns. Wir haben die einzelnen Gegner beobachtet und ihre Nachrichtenwege verfolgt. Bei uns im Haus läuft das mit den persönlichen Kontakten parallel. Die beiden Ebenen sind gleichgestellt. Dass diese sich im Einsatz verschieben können, liegt in der Natur der Sache. Sie sollten sich aber immer ergänzen. Hier liegt die Priorität: Humint, Geonit bis hin zu Masint.<<

Robert hebt die Hand um ins Gespräch zu kommen.
>>Entschuldige, wenn ich unterbreche, aber das Thema Humint haben wir beim GSG 9 nur kurz

gestreift, meine Kenntnisse sollten da aber intensiviert werden. Bitte fahre fort.<<

>>Als Human Intelligence (HUMINT) bezeichnet man die Erkenntnisgewinnung aus menschlichen Quellen. Obwohl der Begriff meist im Zusammenhang mit Nachrichtendiensten verwendet wird, ist HUMINT auch ein wesentliches Instrument von Staatsanwaltschaften, Journalisten und der Polizei sowie im militärischen Nachrichtenwesen und der militärischen Aufklärung durch Feldnachrichtenkräfte. Nachrichtendienstlich wird unter HUMINT das Beschaffen von Erkenntnissen durch die Befragung in der Gesprächsaufklärung von Kriegsgefangenen und zivilen Personen im Einsatzraum. Selten durch Agentenführer, die menschliche Quellen als Agenten gezielt führen und deren Informationen sammeln und weiterleiten. Bei uns wird HUMINT von der Abteilung 1: Operative Aufklärung des Bundesnachrichtendienstes (BND) durchgeführt. Bei der Bundeswehr wird HUMINT im Bereich der Nachrichtengewinnung durch die Heeresaufklärungstruppe sowie

Spezialkräfte in Form von Gesprächsaufklärung angewandt.

Bei der Gewinnung von Informationen durch Nachrichtendienste wird auch das Abhören von Telefonen oder Wohn- und Arbeitsräumen u.a. mit Wanzen als Mittel von HUMINT betrachtet, da die Wanze von einem Agenten angebracht werden muss. Eine klare Abgrenzung ist schwimmend, da die Einteilung in HUMINT und SIGINT meist nur eine Aufgabenzuweisung zwischen Abteilungen eines Geheimdienstes oder zwischen verschiedenen Geheimdiensten ist. Soweit zu dem Begriff.

Die Schulung, die auch Du durchläufst, beinhaltet folgende Bereiche: Einführung in die Human Intelligence Operationen • Die US Intelligence Community • Die Intelligenz Prozess • Intelligenz Sammlung Methoden • Human Intelligence Methodik • HUMINT • Operative Planung und Angebotserstellung • Agent Beurteilung, Entwicklung Targeting & Recruitment • Agent Handhabung • Hervorrufen und Debriefing • Intelligence - Berichte • Prinzipien der Geheimoperationen • Verdeckte

Kommunikation • Clandestine Persönliche Meetings • Überwachung Erkennung • Zusammenarbeit mit anderen • Spezielle Hinweise für die CT - Operationen • CT Intelligenz Exploitation • Hostile Environment Tradecraft. Die Standardversion dieses Seminars liegt auf einer UNCLASSIFIED Ebene.

Wir sind der Meinung, dass Macht, und ich spreche von wahrer Macht, nur von Menschen ausgeführt werden kann. Nur ein Beispiel, der Irakkrieg. Die Amerikaner haben zwar den Krieg als solchen gewonnen, aber nie die Macht über das Land gehabt. Die Macht im Land hatte zuvor Saddam Hussein. Mit seiner BAD-Partei und seinem Gemeindienst „Jehaas Al-Amen,,. Als Busch Junior so dumm oder so schlecht beraten war, da gewann er zwar den Krieg gegen Saddam Hussein, verlor aber mit der Beseitigung von Saddam auch dessen Macht. Das Vakuum ist bis heute noch nicht aufgefüllt. Daraus entwickelte sich der ISIS, heute der Islamische Staat.

Das gleiche beobachten wir in Afghanistan. Die Macht herrscht auf der Straße, in den

Gebirgsregionen und dort regieren die Taliban. Da können noch so viele Drohnen und Jäger am Himmel kreisen. Unten spielt das Leben.
Was lernen wir daraus?

Nehmen wir uns, das heißt in dem Fall Deutschland. Zwei Kriege verloren. Das Land liegt am Boden. Eigentlich besiegt und machtlos. Innerhalb von 10 Jahren hatten wir das Wirtschaftswunder. Durch die Macht des Volkes, das alles wieder aufgebaut und verbessert hat. Und jetzt das, Anschläge in Europa und steigende Kriminalität. Um es kurz zu machen, einige wichtige Männer aus Wirtschaft, Forschung, Universitäten, Justiz und Politik sind der Meinung, jetzt reicht es. Das sich ewige Erpressen lassen unserer Politiker sowie der sogenannten Gutmenschen muss ein Ende finden.
Unsere Firma, intern die „Gruppe 27", überwacht die neuesten Ergebnisse in der Forschung und Wirtschaft. Mit anderen Worten, wir schützen deutsche Interessen. Vor allem hier bei uns im Inland, aber auch im Ausland. Nur schnell ein Beispiel wo gegen wir uns aufrüsten

müssen: Nach vorsichtigen Schätzungen belaufen sich die Entführungsfälle deutscher Bürger weltweit inzwischen auf gut 50.000 Fälle pro Jahr. Dem gilt es Einhalt zu gebieten. In eurem Team gibt es einen Operationsleiter, der aber selten mit vor Ort ist, er betreut Euch über Satellit, aber das wird er Dir in den Briefings mitteilen. Wir treffen uns nachher alle unten im Konferenzraum.<<

***

Briefing

Die Leitzentrale für die Einsätze liegt im zweiten Untergeschoss. Dann kommt der Fitnessraum mit kleiner Küche und Kantine, sowie die Schießanlage. In der vierten Ebene Spezialwerkstatt und Lager. Fünfte und sechste Ebene Energie- und Computeranlagen.

Im großen Konferenzsaal versammeln sich die Mitarbeiter. Vor der Monitorwand steht ein 2m x1m großer Eingabebildschirm. Ein riesiger Tisch mit Anschlüssen für Laptop, USB, Konferenzanschlüsse wartet auf die Teilnehmer. Bequeme Stühle runden die professionelle Ausstattung des Raumes ab. An allen Wänden übergroße Bildschirme. Es herrscht eine kühle Sachlichkeit im Raum.

Versammelt sind:

Thomas Weil: 45 Jahre, Einzelkämpferausbildung bei der Bundeswehr, dann Studienabschluss in Informatik. Dozent an der Kölner Universität. 185 cm groß, schlank.

Vom Typ her eher südländisch als deutsch. Verheiratet mit Cornelia Weil, eine Tochter von 11 Jahren.

Jane Wieller: 32 Jahre, 178 cm groß, schlank. Dunkler kurzer Haarschnitt. Hübsch. Rechtsanwältin der Firma. Single. Hobby: Kampfsport.

Anke Biedermeyer: Dolmetscherin und Sprachanlystin. Spezialisiert auf Sprachen wie Arabisch, Französisch und Farsi.

Dr. Klaus Grüters: 34 Jahre, neuer Leiter der Analyseabteilung.

Robert Hartmann: als Teamleiter der Gruppe 29, Außenagenten.

Andreas Ude: 31 Jahre, 195 cm groß, stämmig, ein Muskelpaket. Dunkles Haar, Militärhaarschnitt. Fallschirmspringer, Froschmannausbildung. Fotografisches Gedächtnis. Gelassener Typ.

Stephan Neuer: 27 Jahre, 193 cm groß, muskulös gebaut. Langes braunes Haar, trägt Vollbart. Einzelkämpferausbildung und

Sprengstoffexperte. Guter Schütze mit Gewehr und Kleinwaffen. Im Einsatz wie ein Sturm den keiner aufhalten kann. Sehr kameradschaftlich. Unverheiratet.

Alexandra Timke: genannt Alex, ist die einzige Frau im Team der Agenten. 27 Jahre, dunkles halblanges Haar. Eine fanatische Kämpferin. Will immer besser sein wie ihre männlichen Kameraden. Bekennende Lesbe. Kam von der Bundeswehr über die Einzelkämpferausbildung zur Gruppe.

Frank Heiler: 28 Jahre, 170 cm groß. Schlank, durchtrainierter Körper. Rallyefahrer, Kampfausbildung in einigen privaten Sicherheitsfirmen. War zuletzt als Sicherheitswächter für eine amerikanische Firma im Irak. Hang zum Sadismus. Das Wort „Schmerz" kennt er nicht. Nicht bei sich, nicht bei anderen.

Volker Nuri: 27 Jahre, blondes halblanges Haar. 172 cm groß, fast dünn. Trägt eine runde Brille. Alle glauben es sei nur Fensterglas. Sieht aus wie ein junger Student. Genannt „Doc", da er ein abgebrochenes Medizinstudium hat. Er besitzt den höchsten Intelligenzquotienten der Gruppe. Ein Genie im Basteln von Fallen und Waffen. Wieselschnell im Einsatz. Leise, zurückhaltend, sehr gefährlich.

In der Villa findet man ihn fast ausschließlich in der vierten Unteretage, in der Spezialwerkstatt, wo auch die Forschungslabore liegen. Dort experimentiert er mit neuen Werkstoffen und einem übergroßen 3D-Drucker.

*

Prof. Thomas Weil, Operationsleiter Außendienst und Analyst, ergreift das Wort.

>>Guten Tag, meine Damen und Herren. Für unseren neuen Kollegen; mein Name ist Thomas Weil. Leiter des Einsatzteams sowie verantwortlich für alle Außeneinsätze.<<

Wie von Geisterhand erscheinen an den Wänden Satellitenstandorte und ihre Bahnen sowie Länderausschnitte und Punktbilder von Überwachungen. An allen Karten sind Längengrade, Uhrzeit und Wetterverhältnisse angegeben.

>>Wie Ihr alle wisst, von hieraus kontrollieren

wir alles. Schauen unseren Gegnern nicht nur auf den Teller, sondern auch in ihre Taschen. Alle Daten, die hier eingehen, können wir Euch auf Eure Laptops oder jedes Empfangsgerät senden. Aber kommen wir zum Thema; Die aktuelle Situation in Europa und seine Folgen für unser Haus. Letztendlich auch für unsere Außenagenten.<<

*

Dr. Dr. Alexander Preuss, Direktor der Villa, betritt den Raum. Schaut einmal in die Runde und führt aus:
>>Guten Tag meine Damen und Herren, normal duzen wir uns ja, aber bei offiziellen Anlässen bleiben auch wir offiziell. Heute behandeln wir zwei Themen. Die politische und menschliche Seite lassen wir dabei außen vor. Konzentrieren wir uns nur auf die Fakten.

Thema Nummer eins: Der Flüchtlingsstrom nach Deutschland.

Seit 2011 herrscht in Syrien Bürgerkrieg. Infolgedessen haben nach Berichten des UNHCR

über vier Millionen Menschen das Land verlassen. Die meisten von ihnen befinden sich in den angrenzenden Staaten: Libanon, Jordanien, Türkei und Ägypten. Rund 1.300.000 sind nach Europa geflüchtet, davon die Mehrzahl nach Deutschland. Das Bundesamt für Migration und Flüchtlinge (*BAMF*) geht davon aus, dass sich bis Jahresende über 1,2 Millionen Flüchtlinge in Deutschland befinden. Davon sind schätzungshalber 80 Prozent junge Männer.
Nach Angaben der Kommunen und Landesämter verschwinden über 40 Prozent, ohne sich registrieren zu lassen. Keiner kann zurzeit sagen, wo sich die Herrschaften aufhalten. Diese jungen Ausländer unterliegen in ihren Ländern einer Wehrpflicht. Sind somit Fahnenflüchtige.
Was passiert jetzt? Da sie sich nicht angemeldet haben, steht ihnen auch keine Unterstützung zu weder finanziell noch durch Sachleistungen. Sind sie durch Deutschland gereist um in ein anders europäisches Land zu gehen? Hoffen wir es. Unsere europäischen Nachbarn beziehen jetzt schon eine mehr als ablehnende Haltung in der Flüchtlingsbewegung. Wie zum Beispiel der polnische Außenminister Waszczykowski, der

meinte: »*Glauben sie, dass wir unsere Soldaten schicken, damit sie für Syrien kämpfen, während Hunderttausende Syrer auf der Straße "Unter den Linden" oder auf dem Marktplatz sitzen, Kaffee trinken und zuschauen?*«

Wenn sie aber bei uns sind, welche Möglichkeiten haben sie? Sich im Nachhinein zu melden und damit zu rechnen, dass sie ausgewiesen werden. Wohl kaum. In ihren Ländern wartet die Militärjustiz auf sie. Also werden sie kriminell oder schließen sich einer Gruppe an. In einigen Kommunen stieg die Kriminalitätsrate bis zu 85 Prozent an. Bleiben wir bei den Gruppen des islamistischen Terrorismus. Hier müssen wir den Salafismus mit seinen über 7000 Anhängern als gefährlichste Bewegung ansehen. Die Szene stellt ein wesentliches Rekrutierungsfeld für den Jihad dar. Ihre Vertreter sprechen die ankommenden jungen Männer an und bieten denen ein neues Zuhause an. Aber auch viele Gruppen und Vereine bleiben nicht untätig. Sympathisanten der IS., Al-Qaida, Al-Shabab bis hin zur Hizb Allah. Also müssen wir und damit meine ich auch unser Haus, mit neuen Aufgaben im Bereich der Kriminalitätsbekämpfung und des islamischen Terrorismus rechnen. Die Hauptaufgabe verbleibt aber beim Verfassungsschutz und BKA. Wir machen eine kleine Pause und treffen uns in einer Stunde hier wieder, aber nur die Herren und Damen der aktiven Gruppe. Danke für Ihre Aufmerksamkeit.<<

*

Nach der Stunde sitzen alle wieder zusammen und Alexander Preuss führt aus: >>Im Thema der zweiten Betrachtung befassen wir uns jetzt mit der asymmetrischen Kriegführung.

Ein asymmetrischer Krieg ist eine militärische Auseinandersetzung zwischen Parteien, die waffentechnisch, organisatorisch und strategisch stark unterschiedlich ausgerichtet sind. Weil sich die asymmetrische Kriegführung vom gewohnten Bild des Krieges unterscheidet, wird auch die Bezeichnung asymmetrischer Konflikt verwendet.

Typischerweise ist eine der beteiligten Kriegsparteien waffentechnisch und zahlenmäßig so überlegen, dass die andere Kriegspartei militärisch in offen geführten Gefechten nicht gewinnen kann. Langfristig können jedoch nadelstichartige Verluste und Zermürbung durch wiederholte kleinere Angriffe zum Rückzug der überlegenen Partei führen, bedingt auch durch die Überdehnung von deren Kräften. In den meisten Fällen agiert dabei die militärisch überlegene Partei, meist reguläres Militär eines Staates, auf dem Territorium eines anderen Landes und kämpft gegen eine militante Widerstands- bzw. Untergrundbewegung, die sich aus der lokalen Bevölkerung gebildet hat. Die vermeintlich überlegene Kriegspartei ist daher mit dem Einsatzraum und seiner Bevölkerung nicht vertraut. Sie wird im weiträumigen Einsatzgebiet ihre Kräfte immer nur punktuell ansetzen können. Zudem gerät sie ideologisch oft in eine unterlegene Position und kann auch aus diesem Grund den Kampf nicht gewinnen. Die scheinbar unterlegene Seite hingegen rekrutiert sich zumeist aus der regionalen Bevölkerung immer wieder neu.

Sowohl das Phänomen selbst als auch die militärtheoretischen Grundlagen sind seit der Antike bekannt. Beispiele aus dem 20.

Jahrhundert sind die Kolonialkriege, in denen nationale Befreiungsbewegungen in Kolonien gewaltsam gegen die jeweiligen Kolonialmächte und ihr Militär vorgingen. Seit etwa dem Ende des Kalten Kriegs 1990 taucht der Begriff, der vorher hauptsächlich Fachleuten bekannt war, zunehmend in öffentlichen Debatten auf, verstärkt in Zusammenhang mit der Besetzung des Irak 2003–2011 und dem NATO-Einsatz in Afghanistan (*ISAF*). Militärische Konzepte zur Bekämpfung von Untergrund- oder Widerstandsbewegungen durch reguläres Militär werden auch unter dem Begriff Aufstandsbekämpfung (*Counterinsurgency oder COIN*) zusammengefasst. Weil derartige Konflikte oft jahrelang andauern, ohne dass es zu größeren Kampfhandlungen kommt, werden sie auch als Konflikte niedriger Intensität bezeichnet (*Low Intensity Conflict*).

Die organisierte Gewaltanwendung des modernen Terrorismus wurde mit der Bildung des Begriffes „asymmetrische Kriegführung" ebenfalls als Krieg erfasst, obwohl sie sich vom klassischen Waffengang der vergangenen Jahrhunderte stark unterscheidet. Besonders die hegemoniale Position der USA als einzig verbliebener Supermacht wird als „asymmetrisch aus Stärke" verstanden, während der Terrorismus aus Schwäche zu unorthodoxen Gefechts- und Kampfmethoden greift. In diesem Sinn erscheint der Terrorismus als Fortentwicklung der Partisanenkriegführung, mit dem sich seit ihren Anfängen der spanischen Guerilla gegen die napoleonische Besatzung diejenigen zur Wehr setzen, die in einer offenen Schlacht unterlegen wären. Wesentlich für die Charakterisierung ist, dass eine konventionelle Armee, die einen Krieg nicht gewinnt, verliert, eine Guerilla hingegen im asymmetrischen Krieg gewinnt, wenn sie diesen nicht verliert.

Der Begriff des Partisan als einem bewaffneten Kämpfers, der nicht zu den regulären Streitkräften eines Staates gehört, wird in diesem Zusammenhang synonym genutzt, meist jedoch auf irreguläre Kämpfer im Zusammenhang mit den konventionellen Kriegen des 20. Jahrhunderts wie bei den Sowjetischen Partisanen, der Résistance Frankreich oder den „Waldbrüdern" im Baltikum.

Johann von Ewald veröffentlichte bereits 1785 in Kassel seine „Abhandlung über den kleinen Krieg", welche auf seinen Erfahrungen mit den Aufständischen in den nordamerikanischen Kolonien beruhten und den vorher gemachten der Amerikaner während des Siebenjährigen

Krieges in Nordamerika, insbesondere durch den Einsatz von leichten Truppen unter Robert Rogers.

Bekannt wurde diese Art der Kriegführung auch durch Thomas Edward Lawrence, bekannt als Lawrence von Arabien, während des Ersten Weltkriegs in Arabien, der die militärische Taktik des Hit and Run anwandte, indem er permanent tiefe Flankenangriffe auf die Versorgungs- und Transportlinien der türkischen Armee des osmanischen Reiches wie die Hedschasbahn und gegen die Osmanische Militärbahn in Palästina unternahm und diese unterbrach. Dabei konnte er die Stadt Aqaba über die Landseite der Wüste Nefud erfolgreich für die britische Armee als Nachschubpunkt erobern.

Mao Zedong systematisierte diese Kriegführung in den 1920er und 1930er Jahren und orientierte sich dabei an dem antiken Schriftsteller Sun Tsu, der 510 v. Chr. ein Buch über die dreizehn Prinzipien der Kriegführung verfasst hatte. Ziel seiner Strategie war die konsequente Fehler- und Schwächenauswertung des Feindes bei gleichzeitiger Nutzung kleiner, aus dem Überraschungsmoment operierender Einheiten oder Einzelpersonen. Aufgrund dieser Analyse war die Strategie durch die zur Verfügung stehenden Mittel zu bestimmen. Ziel war es, mit unterlegenen Mitteln und konsequenter Anwendung dieses Konzepts den Feind empfindlich zu treffen und abschließend endgültig zu schlagen. Ein Vorteil der asymmetrischen Kriegführung liegt in den geringen Kosten. Eine Guerillatruppe ist in der Lage, mit primitiven und teilweise dem Feind abgenommenen Waffen einen hochgerüsteten Gegner zu bekämpfen. Der Gegner muss zum Schutz seiner Nachschublinien und schützenswerten Objekte einen großen Aufwand betreiben, der hohe Kosten verursacht. Ich hoffe Ihr habt das Buch gelesen, sonst mache ich es hiermit zur Pflichtlektüre.

Der Begriff der asymmetrischen Kriegführung wurde in der Neuzeit zum ersten Mal in den Medien (in Militärkreisen bereits in den 1960er Jahren) im Zusammenhang mit der Operation Allied Force und der Kriegführung der jugoslawischen Volksarmee im Jahr 1999 verwendet. Nach dem Krieg wurde festgestellt, dass die Luftangriffe der NATO nur geringe Wirkung zeigten und die Jugoslawische Volksarmee wenig behindert gegen die UÇK (*kosovarische Befreiungsarmee*) Krieg führen konnte. Grund dafür war das Konzept der Verteilung, Tarnung, Deckung und des überraschenden direkten Angriffs auf den Gegner unter Ausnutzung der Geländekenntnisse durch die jugoslawische Armee.

Kennzeichen von asymmetrischen Kriegshandlungen ist häufig, dass die „unterlegene" Seite über Rückzugsmöglichkeiten in ein „neutrales" Land verfügt, in das die andere Seite keine Gefechtshandlungen hinein durchführen will und kann. Beispiele bieten Südvietnam mit Nordvietnam, Laos und Kambodscha; Oman mit Jemen; Algerien mit Tunesien und Marokko; Malaysia mit Indonesien, und heute Afghanistan wieder mit Pakistan.

Dieselbe Logik liegt terroristischen Aktivitäten zugrunde. Ein Terrorangriff wie der des 11. September 2001 kostete für die Terroristen sehr wenig im Vergleich zu den großen Investitionen im Security-Bereich an den Flughäfen, die aus ihm resultierten.

Kommen wir zur Strategie der asymmetrischen Kriegführung: Aus humanitärer Sicht ist damit auch bei kriegführenden Demokratien rasch eine Minderbewertung des menschlichen Lebens zu erwarten, so wie es von der Gegenseite ohnehin regelmäßig praktiziert wird. Auch demokratische

Staaten laufen dann Gefahr, ihre eigenen moralischen Ideale zu verraten, indem sie sich der gleichen Verbrechen schuldig machen, wie ihr Guerilla-Gegner (*foltern und wahllos töten*). Historisches Beispiel ist der Kampf der französischen Armee im Algerischen Unabhängigkeitskrieg, bei dem es zu etlichen Repressalien gegenüber der einheimischen Bevölkerung als mögliche Unterstützer der Front de Libération Nationale (FLN) und gegen Gefangene der Guerilla kam, nachdem diese ihnen in die Hände gefallene Soldaten, aber auch und vor allem den Franzosen freundlich gesinnte Algerier tötete und französische Zivilisten mit terroristischen Mitteln wie Bomben in Algier angriff.

Auch verschärfte internationale Regelungen zur Schonung menschlichen Lebens in asymmetrischen Konflikten sind kaum in der Praxis durchsetzbar, humanitäre Aspekte bleiben ohne nennenswerte Wirkung. Bewusst wird durch die „unterlegene" Seite die Nähe zur Zivilbevölkerung gesucht und das Gefecht aus deren Mitte heraus geführt, um der Feuerüberlegenheit der konventionellen Armee zu entgehen. Gleichzeitig werden unter der Zivilbevölkerung dadurch Opfer verursacht, die diese der konventionell kämpfenden eigenen

Armee oder Friedenstruppen entfremdet und Kräfte in die „Arme" der unkonventionell asymmetrisch kämpfenden Kräfte treibt.

Taktisch geprägt ist unkonventionelle Kriegführung von der unterlegeneren Seite meist durch unkonventionelle Spreng- und Brandvorrichtung / Sprengfallen, Hinterhalte oder Feuerüberfälle, seltener Handstreich, wie sie im Einsatzverfahren Jagdkampf angewandt werden sowie durch Selbstmordattentäter und Autobomben. Da der Gegner durch die Soldaten und Sicherheitskräfte nicht oder selten gesehen werden kann und auch nicht im Gefecht zu stellen ist, wird die Truppe zermürbt.

Meist kann der Kampf einer asymmetrische Terrorgruppe ihren Kampf in einem Staat nur führen, wenn sie aus oder von einem Nachbarstaat unterstützt wird. Dessen Territorium ihr als Rückzugsgebiet dient, in dem keine oder eine sehr begrenzte Bekämpfung der Kriegspartei erfolgt. Siehe Belgien mit dem Stadtteil Moolenbeck.

Häufig dienen neben der Eroberung von Ressourcen des Terrors, der Drogenhandel, Elfenbeinwilderei, Geiselnahme und Erpressung mit dem Eintreiben einer Kriegssteuer sowie andere Mittel als Finanzierungsquelle. In neuerer Zeit dient immer mehr die Organisierte Kriminalität zur Finanzierung unkonventionell asymmetrisch kämpfender Kräfte.

Wenden wir uns dem Terrorismus als Strategie der asymmetrischen Kriegführung zu:

Im Pentagon werden asymmetrische Konflikte rein militärisch als „asymmetric warfare" definiert. Dies ist eine in Deutschland nicht gebräuchliche Verengung der Sicht auf die Entstehung und Lösungsmöglichkeiten asymmetrischer Konflikte. Zu den heftigsten Kritikern dieser ausschließlich militärischen Betrachtungsweise asymmetrischer Konflikte gehört der US-Oberstleutnant John A. Nagl, der 2004 auch in Falludscha kämpfte. Seine Studie „Counterinsurgency Lessons from Malaya and Vietnam: Learning to Eat Soup with a Knife" aus dem Jahr 2002 fordert das Pentagon auf, die Anti-Terror-Strategie im Zeitalter asymmetrischer Konflikte zu modernisieren, die, so Nagl, vom Vietnam-Krieg über Afghanistan bis zum Irak-Krieg allein auf massiver Feuerkraft basiert. Er fordert die Besinnung auf die britischen Erfahrungen in Malaysia, wo General Gerald Templer das Konzept „Winning Hearts and Minds" entwickelte. Damit mit der

Kombination von wirtschaftlichen, sozialen, politischen und militärischen Maßnahmen siegte, und wie es auch im Vietnamkrieg als eine von mehreren sich ab folgenden Strategien durch die US-Armee jedoch nicht konsequent und zu spät eingesetzt wurden. Jedoch zeigt sich aus den Erfahrungen von Vietnam, dass diese frühzeitig und damit rechtzeitig als Handlungsstrategie um die „Herzen" der Bevölkerung eines Krisengebietes einsetzen muss, bevor sich diese der militärisch unterlegenen Kriegspartei auch durch terroristische Aktionen anschließt. Daher kommt dem lokalen Schutz auch und vor allem der Landbevölkerung und deren wirtschaftliche Entwicklung bei gleichzeitiger Akzeptanz der Lebensgewohnheiten und der Religion der verschiedenen Bevölkerungsgruppen besondere Bedeutung zu. Wie Afghanistan war Vietnam durch eine nationale politische Gruppe vertreten, mit der sich die lokale vor allem ländliche Bevölkerung nicht identifizierte und damit eine Parteinahme mit der gegnerischen Kriegspartei erfolgte.

Aber wir bleiben bei der jetzigen Bedrohung unseres Lebensraums.

1982, der erste Golfkrieg zwischen Irak und Iran Anfang der 1980er Jahre.

Der zweite Golfkrieg zwischen den USA und ihren Alliierten und dem Irak 1990.
Der Krieg zwischen Eritrea und Äthiopien von 1998 bis 2000 und der dritte Golfkrieg zwischen den USA und ihren Alliierten und den irakischen Regierungstruppen 2003.
Kriege in der Zone werden heute oft nicht mehr von klassischen Armeen geführt. In heutigen bewaffneten Konflikten sind eine Vielzahl nicht staatlicher bewaffneter Gruppen beteiligt, die unterschiedlichste Ziele verfolgen. Oft gibt es weder klar definierte Frontverläufe noch homogene Gebiete, in denen die eine oder die andere Konfliktpartei eine umfassende Kontrolle ausübt. Jüngere Beispiele sind der Afghanistan-Krieg , die beiden Tschetschenienkriege, die palästinensische Intifada oder der bewaffnete Konflikt zwischen Israel und der Hisbollah im Sommer 2006. Sowie die jetziger Bedrohung Europas durch den Islamischen Staat. Ich danke den Anwesenden für ihr Interesse und bitte die Gruppe 27 noch im Raum zu verbleiben.<<

*

>>**W**ir haben eine Anfrage von der NSA (*National Security Agency*) mit der niemand so recht was anfangen kann. Die Nachricht ist aus

dem Bereich des Islamischen Staats aufgefangen worden. Einmal nähe Mossul, das zweite Mal aus Al Raqqa. Ich lese Euch den Text vor: *,, Wer kennt die Wege Gottes? Der Wind weht,,.*
Robert vervollständigt den Satz: >>Wer kennt die Wege Gottes? Der Wind weht uns zusammen, genauso schnell verweht er uns auch wieder.<<
Erstaunt blickt Dr. Preuss Robert an.
>>Ist das ein arabischer Reim, oder kennst Du den Absender? Kann das auch eine von Deinen Eroberungen sein, die Dich sucht, um auf Unterhalt zu klagen? <<
Grinsend schaut er Robert an.
>> Sicher nicht, ich zahl die Damen sofort aus. Kannst Du Dich an unseren Einsatz gegen den IS von Berlin erinnern. Da traf ich mit der Finanzberaterin von der IS, einer Asifa, in Genf zusammen. In der Akte ist das vermerkt. Dieses Treffen wurde von mir auf der Straße provoziert. In dem Treffen fielen die Worte. Ob jetzt das eine Nachricht sein soll oder nur eine Falle, entscheidet ihr.<<
>>In Ordnung, ich sehe mir die Akte an und wir treffen uns mit Thomas bei mir im Büro. Sagen wir in zwei Stunden.<<

*

In dem holzgetäfelten Büro von Dr. Dr. Preuss treffen Robert und sein Vorgesetzter Prof. Thomas Weil fast gleichzeitig ein.
>>Bitte setzt Euch, ich bin gleich soweit.<<
Die beiden setzen sich an den Konferenztisch.
>>Robert eine Frage, seit ihr noch zusammen Du und Jane Wieller? Ich weiß, es ist eure Privatsache, aber hier im Haus bleibt so etwas ja nicht verborgen.<<
>>Nein, sie hat sich von mir getrennt. Angeblich hält sie unsere Beziehung nervlich nicht aus. Der Auslöser war wohl meine Rolle in der Aktion-Störtebeker, mehr kann ich nicht dazu sagen.<<
>>Die Aktion, als Du vermisst warst?<<
Robert nickt nur düster.
>>Gut, ist ja auch eure Angelegenheit, nur wir sehen uns hier im Haus als Familie und da sollten keinerlei Spannungen oder Probleme unsere Arbeit beeinflussen.<<
>>Genau so sehe ich das auch. Wir haben dies abgeklärt und jetzt einen normalen Umgang miteinander. Soweit das eben möglich ist. Reicht Euch das?<<
Die beiden nicken ihm zu.
>>Außerdem vermuten wir hier in der Villa, dass ihr im Außendienst die Mädchen schneller flach legt wie eure Gegner.<<
Robert grinst nur.

\>\>Gut kommen wir wieder auf die Meldung zurück. Ich habe nochmals die Akten eingesehen und habe noch Fragen an Dich Robert. Du hast diese Asifa das erste Mal in Genf gesehen. Das ist soweit klar. Was ich nicht recht verstehe, und das geht nicht klar aus den Akten hervor, ist das Zusammentreffen in Raqqa. Hat sie Dich da erkannt oder wie lief das ab?<<
\>\>Um ehrlich zu sein, ich weiß es nicht. Bei der Gefangennahme von Abu Abdullah al-Maris war ich als Rückendeckung in dem Haus. Da wir in seiner Wohnung eine Sprengfalle gelegt hatten, evakuierten wir die Anwohner. Dabei kam es zum Zusammentreffen mit Asifa. Dass sie eine Wohnung im Haus hatte wusste ich nicht. Wie weit sie mich erkannt hat, kann ich nicht mit Sicherheit beantworten. Es ging alles sehr schnell. Ich glaube aber schon.<<
\>\>Ist damals auch der Spruch zwischen euch gefallen? <<
\>\>Ja, da ich sie zweifelsfrei erkannt hatte, aber ob sie den in der Aufregung und Hektik verstanden hat, konnte ich nicht bei ihr feststellen. Sie machte einen schläfrigen und verwirrten Eindruck auf mich.<<
\>\>Gut so weit. Kanntet Ihr die Anwohner des Hauses von Abu Abdullah al-Maris und somit auch, dass Asifa dort wohnte?<<
\>\>Nein, wir hatten nur unsere Information von

hier aus dem Haus. Die Amerikaner stellten ja nur das technische Gerät und leiteten den Einsatz.<<
Dr. Preuss erhebt sich und geht vor das Fenster.
>>Somit wissen wir immer noch nicht, ist das ein Hilferuf oder eine Falle für Dich Robert. Die Information hat der NSA angeblich abgehört und vom Idarat Al-Mukhabarat Al-Amn (Allg. Ziviler Nachrichtendienst in Syrien) oder Shu'Batal-Mukhabarat Al-Askariya (Allg. Militärischer Nachrichtendienst, von Syrien). Wie weit diese Angaben ernst zu nehmen sind, sei mal dahingestellt. Ich tu mich immer schwer mit Daten, die wir nicht überprüfen können. Wenn ich mal um Eure Meinung bitten dürfte.<< Er schaut dabei die beiden abwechselnd an.
>>Thomas, wenn wir dem nachgehen, bedeutet das eine enorme Aktion von uns. Ist die gerechtfertigt oder gibt es Alternativen?<<
>>Bleiben wir bei den Fakten. Wir haben eine Information von der NSA, die erwarten eine Antwort von uns. Wenn wir verneinen, gibt es keine Zusammenarbeit für den Fall. Wenn wir mitteilen, dass uns die Nachricht betrifft, wollen die natürlich wissen, worum es geht. Das ist die eine Seite der Medaille, die andere ist, welchen Nutzen haben wir? In der Terrorbekämpfung haben wir uns entschlossen, noch enger mit unseren Partnern zusammenzuarbeiten. Wo wir

wieder beim Anfang sind, Hilferuf von wem und warum oder Racheaktion an uns? Eine Frage, liegen Fakten für eine Bedrohung für unser Land seitens des IS vor?<<

In diesen Augenblick ertönt ein leises Signal. Vor der Bürotür steht Klaus Grüters, Leiter der Analyseabteilung. Die Tür geht geräuschlos auf und Klaus Grüters betritt den Raum.

\>\>Klaus setz Dich bitte, welche neusten Erkenntnisse bringst Du uns mit?<<

\>\>Als Erstes die Akte Asifa Basri<<

Er kommt an den Tisch und liest aus der Akte vor

\>\>Asifa Basri, geb. 23.04.1990 in Najaf, Irak. Vater: Sheik Alim-al-Basri, Gelehrter. Mutter: Safiye, Lehrerin. Zwei Geschwister, Bruder Bassan 12 Jahre und ältere Schwester Qamar, 19 Jahre. Die Familie ist bei einem amerikanischen Hubschrauberangriff am 21. März 2003 ums Leben gekommen. Asifa wurde durch die Detonation auf die Straße geschleudert und erlitt starke Verbrennungen am Oberkörper. Danach verliert sich erstmals ihre Spur. Bekannt sind mehrere Krankenhausaufenthalte in Hautkliniken. Ein Captain David Johnson, der US-Infanterie soll sie ins Feldlazarett gebracht haben und später auch für die erforderlichen Operationen aufgekommen sein. Keine weiteren Angaben. Dann im Jahr 2008 Universität „al raqqa,, in Syrien. Wirtschaftstudium und Mathematik. Erscheint dann erst wieder als Mitarbeiterin von Chefideologe von Abu Abdullah al-Maris. Ratgeberin in Finanzfragen für den Islamischen Staat und später Verhandlungsführerin in internationalen Finanzverhandlungen für den IS. Dazu unsere Einschätzungen der Person, die Ihr ja alle kennt. Nach der Festnahme von ihrem Mentor Abu Abdullah al-Maris taucht ihr Name nur noch einmal auf. Sie reist als vermeintliche Journalistin für das Al-Sahah-Journal über New York in die USA ein. Dann verliert sich ihre Spur wieder. Keine verfolgbaren Kontakte mehr. Wir nehmen an, dass durch den Verlust ihres Mentors, auch ihre Karriere beendet war. So, mit mehr kann ich Euch bei der Dame nicht dienen.

Jetzt zu den Bedrohungen durch Terrorgruppen und dem IS. Es liegen mehrere ernstzunehmende Hinweise vor, dass sich der IS speziell an Deutschland rächen will, die Motive brauchen

wir jetzt nicht erörtern. Die liegen im politischen- und militärischen Bereich. Zu der neusten Nachricht gebe ich nur zu bedenken, es kann auch eine Warnung sein. Aber wir sollten eine Falle nicht außer Acht lassen.<<
>>Wie meinst Du das, Klaus?<<
>>Ich kann nur vermuten, kein Indiz oder Fakt deutet auf die eine oder andere Seite darauf hin. Nur sollten wir auch das mit ins Kalkül ziehen. Eine Warnung vor einem Anschlag oder eine Racheaktion. Die Entscheidung liegt aber bei Euch. Ich kann Euch nur unterstützen.<<
Die Männer nicken ihm freundlich zu.
>>Danke Klaus, bitte eruiere uns noch die Daten von diesem Captain David Johnson, der US-Infanterie. Wohnort, jetziger Beruf und so weiter. Ich will wissen, ist er noch im militärischen Dienst. Wann trinkt er seinen Whisky und ist er überhaupt noch dazu in der Lage. Dann die Akte direkt zu mir. Wir sehen uns dann.<<
Klaus verlässt leise den Raum.
>>Robert, bitte zeige uns Euren Einsatzradius in Raqqa und genau, wo das Haus von Abu Abdullah al-Maris lag.<<

Nachdem das Satellitenbild vom Stadtkern auf dem Monitor steht, zeigt Robert auf das Haus und den Park.
\>\>Hier spielte sich die Gefangennahme damals ab. Im gegenüberliegenden Park sollten sich die Bewohner verteilen. Wir rückten dann planmäßig ab. Soweit der Einsatz in Raqqa. Keine Verluste auf unsere Seite. Über die Kollateralschäden bin ich nicht informiert, wir mussten ja schnell handeln. Habt Ihr noch mehr Fragen?\<\<
\>\> Danke Robert, ich von meiner Seite nicht, hast Du noch Fragen Thomas?\<\<
Der schüttelt den Kopf.
\>\>Gut, mein Vorschlag, wir warten den Bericht über den Captain ab, ich überschlage die Kosten einer Aktion in Syrien und Ihr beiden wägt das Risiko eines Einsatzes dort ab. Wir finden uns dann hier wieder zusammen.\<\<

***

Der wiederkehrende Traum

Asifa Basri kommt nicht zur Ruhe. Ein Traum und die Fliegerangriffe haben ihre Nerven blank gelegt. Dazu noch ihre Angst vor der Unberechenbarkeit in ihrem Beruf. Sie kann jederzeit verhaftet und zu Tode gebracht werden. Im Halbschlaf zuckt sie oft zusammen. In ihrer kleinen Wohnung in Al Raqqa, Syrien, es ist heiß und stickig. Sie wacht ständig schweißgebadet auf. Der immer wiederkehrende Traum lässt sie seit Monaten nicht mehr ruhig schlafen.

„Wer kennt die Wege Gottes? Der Wind weht uns zusammen, genauso schnell verweht er uns auch wieder." Ihre Worte. Der Fremde spricht ihre Worte. Ein Zufall? Die Stimme, die Stimme kenne ich, das Gesicht auch. Allah, hilf mir, wer ist das gewesen?
Von unten kommen Geräusche und Geschrei.
>>Verlasst sofort das Haus.<<
Die Stimme. Wieder diese Stimme. Sie kennt die Stimme. Aber woher? Sie geht vorsichtig über das leere Treppenhaus nach draußen. Das erste Morgenrot erhellt schon die Straße. Vor dem Haus stehen die Nachbarn und lamentieren. Ein Milizfahrzeug kommt und die Mannschaft

befragt die Anwohner. Ein weiteres Fahrzeug erscheint mit einer Art Militärpolizei. Die treibt die Leute rüber zum Park, sperrt den Bereich ums Haus ab und stürmt ins Treppenhaus. Gebannt schauen alle auf das Gebäude, als mit einem ohrenbetäubenden Knall Fenster und Türen aus dem Haus fliegen. Die Druckwelle ist so heftig, das selbst die Fahrzeuge umkippen. Menschen fliegen durch die Luft, verletzen sich schwer. Asifa wird von der Druckwelle nach hinten geschleudert und bleibt am Boden liegen. Das längst vergessene Gefühl von damals in Najaf, als ihre Familie starb, erfasst sie wieder. Die Geräusche und das Geschrei der Verletzten hört sie nur noch dumpf und leise. Die Zeit steht still. Die Welt dreht sich für Momente nicht mehr. Bewegungen, die sie sieht, sind wie in Zeitlupe hinter einem Nebel. Ein Gesicht erscheint aus dem grauweißen Dunst. Vater, ihr Vater, der zu ihr spricht. Nur an seinen Lippenbewegungen kann sie erkennen, was er zu ihr sagt:
\>\> *Siehst Du meine Tochter, der Krieg kommt näher. Bitte verhalte Dich klug.*\<\<
Fasziniertet starrt sie in den Staubnebel. Das Gesicht ihres Vaters weicht dem Gesicht des amerikanischen Offiziers, auch er spricht mit ihr. Seine zärtlichen Worte versteht sie nicht. Nur seine Stimme und die Fürsorge in seinem

Gesicht sieht sie. Langsam ziehen sich die Konturen des Gesichts zurück, wechseln in ein anderes. Das Gesicht aus dem Treppenhaus erscheint im Staub. Nicht in der arabischen Kleidung, sondern westlich ohne Turban. Seine Worte versteht sie klar und deutlich:
>> *Wer kennt die Wege Gottes? Der Wind weht uns zusammen, genauso schnell verweht er uns auch wieder.*<<
Sie greift nach dem Gesicht. Ihre Hand langt durch den Nebel ins Nichts. Zwei Männer fragen sie, ob sie verletzt ist? Sie starrt nur in den Staub.
>>Komm lass sie liegen, die scheint nicht verletzt zu sein. Hat nur einen Schock, das wird schon wieder.<<
Die beiden verschwinden hinter dem Gesicht. Allah, wer ist das? Auf dem Rücken liegend versucht sie minutenlang, das Gesicht zu erforschen.
Erst als er zu ihr sagt:
>>*Bitte geben Sie mir eine Adresse oder Telefonnummer von sich.*<<
Kommt die Erinnerung zurück.
Die Erkenntnis trifft sie wie mit einem Schlag.

Es ist der Deutsche aus Genf.
Dann erwacht sie wieder schweißgebadet.

***

Bonn

In der Villa treffen sich Dr. Alexander Preuss, Operationsleiter Prof, Thomas Weil und Teamleiter der Außenagenten Robert Hartmann erneut im Konferenzsaal.
>>Meine Herren, ich darf das Gespräch eröffnen. Nach Einsicht in die Recherchen über Captain David Johnson stehe ich einer Aktion in Syrien mehr als skeptisch gegenüber.
Aber zu den Fakten: Captain David Johnson, ist nach seiner aktiven Laufbahn, jetzt Lehrer an der Militärakademie West Point Nähe New York. Nach seinen Angaben hat er das Mädchen aus Najaf, das er damals gerettet hat, nie wieder gesehen. Nur die finanziellen Belastungen der Brandoperationen sind von ihm getragen worden. Merkwürdig ist nur, dass zeitgleich mit der Einreise von Asifa in die Staaten auch ein Muhammed Saad eingereist ist. Dieser Muhammed Saad verübte ein Attentat auf unseren Captain und kommt dabei ums Leben. Was dann aber noch eigenartiger ist, dass sich Saad auch als Journalist der Zeitung Al-Sabah ausgegeben hat, genau wie Frau Basri. Zufall? Wir in unserem Haus glauben prinzipiell nicht an Zufälle. Aber klammern wir das erst mal aus. Die

amerikanischen Behörden suchten dann nach ihr, ohne Erfolg. Sie ist da spurlos verschwunden. So sehen für uns die Fakten aus. Bleibt die Frage; was wollte sie in den USA? Jetzt kommen wir zur Abschlussfrage, gehen wir der Sache nach oder ignorieren wir die Meldung? Ach noch eins, nach Absprache mit Hans müssten wir die Kosten einer Aktion zum Großteil tragen. So jetzt bitte Eure Meinung? Thomas was meinst Du?<<
Der setzt seine Kaffeetasse ab, klopft mit seinen Fingern auf die Tischplatte und sagt.
>>Alexander, wenn wir die Bedrohung auf Europa beziehen, so müssten die Präventionskosten auch durch die Nato oder Europol gedeckt sein. Ich bin der Meinung, wir sollten der Sache auf den Grund gehen. Robert war schon dort unten und kennt sich aus. Er kann sich zur Not allein helfen. Wir haben aus der Vergangenheit beste Verbindungen an das amerikanische Camp dort im Irak. Der Weg nach Raqqa beträgt gerade 750 Kilometer. Eine gute Flugstunde zum Absetzen von Robert und der Rest entwickelt sich dann. Wir haben ihn doch ständig auf unserm Schirm. Wenn wir ihn mit dem neusten technischen Gerät versorgen, habe ich Vertrauen in die Aktion. Als Sicherung für ihn und uns bekommt er eine Nanoerkennung, so wissen wir immer, wo er sich gerade aufhält und

ob er gesundheitlich OK ist. Von meiner Seite sollten wir dem nachgehen. Wie siehst Du das Robert?<<
Er lehnt sich in seinem Sessel zurück und blickt Robert an.
>>Ja auch ich befürworte den Einsatz. Setzt mich ab und ich überprüf die Lage dort. Wenn sich herausstellt das ist nichts für uns, bin ich sofort in der Wüste oder im Gebirge verschwunden. Ihr holt mich dann mit den Amis raus. Informationen aus Raqqa sind immer interessant. Nur mit der Nanoerkennung das lehne ich ab, wenn Ihr mich erfassen könnt, kann es die Gegenseite auch. Nein, ich bleibe bei dem altbewährten Abschaltmodus. Die Teile sind heute so winzig, die kann ich überall verstecken, auch am Körper.<<
>>Du weißt, was Dir blüht, wenn die Dich fassen, Robert?<<
Sorgenvoll beugt sich Alexander vor.
>>Natürlich, aber das Risiko ist doch immer hoch bei jedem Einsatz.<<
>>Gut, ich bespreche das nochmals mit unseren Partnern. Wir wägen das Risiko einer Falle ab und Ihr plant schon mal. Zur Not können wir Dich innerhalb von 10 Stunden raushauen. Einsatzpläne lasse ich ausarbeiten. So kommt Volker noch zu seinem Recht, wer ihn begleitet wird dann kurzfristig entschieden. Wohl ist mir

bei dem Einsatz nicht, nur damit Ihr das wisst.<<
Sorgenvoll blick er Robert an.
Die drei Männer verlassen in unterschiedlichen Stimmungen das Büro. Im Flur begegnet Robert Jane aus der Rechtsabteilung.
>>Hallo Jane, konnten uns vorhin ja nicht richtig begrüßen, könnte Dir einige neue Tricks beibringen, wie sieht's aus?<<
Sie schaut ihn arrogant an.
>>Ach Du, auf Deine miesen Tricks kann ich verzichten.<<
>>Ich meine ja auch nicht die Kampfsporttricks, sondern die anderen, die Du ja immer genossen hast.<<
Jane läuft rot an und dreht sich abrupt um.
>>Ha , ha wie ich sehe, liebst Du mich immer noch. Schön, auch wenn Du es nicht zugibst, einfach schön. Ha, ha,<<
In ihrem Büro schmeißt sie vor Wut über sich eine Tasse gegen die Tür.
>>Idiot, mein Gott, der ist nur noch eingebildet, alter Primat, der.<<

***

Al Raqqa

Seit der islamische Staat Raqqa als seine Hauptstadt ausgerufen hat, fliegt nicht nur die syrische Luftwaffe, sondern auch russische SU-25 Jäger und amerikanische Jagdflugzeuge Angriffe auf die Stadt. Ein Großteil der wichtigen Gebäude und Verkehrsknotenpunkte ist zerstört oder stark beschädigt. Von Aleppo nähert sich langsam die syrische Armee der Stadt.

In einer kleinen schlichten Wohnung, die jetzt ihr Büro ist, 3850 Kilometer weiter südlich von Bonn, sitzt Asifa gelangweilt an ihrem Schreibtisch, als ihr Telefon klingelt. Sie hebt ab und nickt beim Zuhören mit dem Kopf. >>Ja, ich komme gleich rüber.<<

*

Die Al Mogmaa Straße dicht am Gouvernemt-Palast ist eine der Hauptstraßen der Innenstadt von Al Raqqa und ist von Krieg gezeichnet. Hausruinen und Bombentrichter beherrschen jetzt das Bild der Stadt, wenn Asifa aus ihren Fenster schaut. Die wichtigen Verwaltungsbüros

sind längst in Keller- und Bunkeranlagen verlegt worden. Nur der große Park gegenüber ihrem Büro scheint verschont zu sein.
Tränen schießen ihr in die Augen, wenn sie daran denkt, wie schön der Ort einmal war. Der Gouvernemt-Palast erstrahlte einst in seinen sandfarbenen Farben, jetzt ist er nur noch eine Ruine in schmutzigem verbrannten Grau. Alles hat sich verändert, seit sie aus Kanada zurück ist. Nicht nur in der Stadt, sondern auch ihre Stellung in der Führungsebene. Sie galt als Finanzgenie und Liebling von einem der neun Räte des IS. Chefideologe Abu Abdullah al-Masri der durch eine Feindaktion verschleppt wurde und dann verstarb. (IS-Raketen auf Berlin) Er war ein alter Freund der Familie Basri und kümmerte sich um Asifa nach dem Tod ihrer Familie. Jetzt nach ihrer Rückkehr aus den Staaten steht sie isoliert und misstrauisch beobachtet da. Keine schützende Hand mehr, nur ihr Wissen schützt sie noch. Ihr Wissen über die Finanzangelegenheiten des IS. Wie die Nummernkonten bei der HÜBLI-Bank in Zürich und die internationalen Verbindungen bei Waffenkäufen.

Sie streift sich ihre Burka über, nimmt ihre Tasche und verschließt ihr Büro. Überquert die Al Mogmaa-Straße in Richtung Gouvernemt-

Palast und betritt den Park. Auf Höhe der beiden steinernen Löwen überläuft sie ein Schauer. Hier ist sie Zeuge von Hinrichtungen des IS geworden. Jungen Männern wurden auf grausamste Weise die Köpfe abgeschnitten, Frauen gesteinigt und das alles im Namen des Islam. Wenn sie an den Löwen vorbeigeht, hört sie noch die Schreie der Opfer. Schnell, mit gesenktem Kopf, durchschreitet sie eine Nebenstraße und betritt ein Wohngebäude. Im ersten Stock hat jetzt im Schutz der Zivilbevölkerung die IS-Finanzbehörde ihr Zentralbüro eingerichtet. Vorbei an Wachen betritt sie nach Prüfung den Empfang. Hier begleitet sie ein Wachmann zu einem Konferenzzimmer. Das Zimmer ist schmucklos und einfach. Nur zwei übergroße Monitore und technische Geräte geben dem Raum eine Wichtigkeit. Um einen runden Tisch sitzen:

Kamil al Julani: Wirtschaftsfachmann der Glaubenskrieger.

Ibrahim Merah: Technik-Genie, Bombenbauer, IT-Ingenieur.

Sami al-Dschabir: Sprachgenie, spricht sechs Sprachen. Berater der Führungselite.

Yassir al-Muwallid: Manager für Europa und

Mohammad al Maidi: Büroleiter der Finanzabteilung Außenhandel.
Alle Männer sind arabisch gekleidet in schwarzen Salwar Kameez.

Sie betritt den Raum, ihr:
>> Salam aleikum.<<
Wird gerade so von den Männern wahrgenommen. Sie murmeln zurück:
>>Wa aleikum as salam.<<

Mohammad al Maidi weist ihr einen Platz abseits des runden Tisches am Fenster zu. Nach einigen Minuten spricht sie Kamil al Julani an.
>>Hör zu Asifa, wir kennen uns durch viele Begegnungen und Verhandlungen, gleich kommt Abu Omar al-Turkmani dazu. Du weißt, wenn es nach ihm ginge, wärst Du schon tod. Er misstraut Dir nach Deiner Racheaktion in den USA, die uns einer der besten Kämpfer gekostet hat. Bleib genau bei Deiner ersten Aussage. Er ist jetzt Militärkommandant von ganz Syrien und braucht neue Waffen. Verhalte Dich schweigsam und klug. Wir können Dich sonst nicht schützen.<<

Die Gruppe unterhält sich entspannt über finanzielle Möglichkeiten, als mit einem Knall die Tür auffliegt. Drei schwarze Kämpfer stürmen in den Raum. Sie überprüfen mit Blicken den Raum und geben dann ein Zeichen nach draußen zum Flur. Dann erscheint der Kommandant Abu Omar al-Turkmani. Tiefschwarze elegante Kampfkleidung, Springerstiefel, Pistole und einen alten wertvollen Dolch um die Hüfte, betritt er das Zimmer. Sofort ändert sich die Atmosphäre. Was vorher entspannt sachlich war, ist jetzt gespannt negativ bis ängstlich.

>>Salam.<<
>>Wa aleikum as salam.<<
Kommt es zurück. Der Kommandant geht auf den Tisch zu und setzt sich unaufgefordert mit dem Rücken zu Asifa. Seine Leibwache platziert sich neben der Tür und am Fenster.
>>Wer ist das Weib hier?<<
Die Frage peitscht durch den Raum. Der Berater Sami al-Dschabir antwortet.
>>Wir, die hier versammelt sind, dienen Allah und unserem Staat. Auch Asifa Basri in ihrer

Funktion als Finanzexpertin dient der Sache.<<
Wütend schlägt der Kommandant auf den Tisch.
>>Die Basri, die unseren Helden Muhammed Saad im Stich gelassen hat?<<
Kamil al Julani antwortet gelassen:
>>Abu Omar al-Turkmani, bedenke sie ist eine Frau und keine Kämpferin. Sie dient unserer Sache als Wirtschafts und Finanzexpertin. Sie hat bei den Chinesen durchgesetzt, dass wir die Restsumme erst zahlen, wenn 80 % der Raketen aufgebaut und einsatzfähig sind. Außerdem hat der Rat schon darüber befunden. Wenden wir uns den aktuellen Themen zu. Was brauchst Du?<<
Ohne sich umzuwenden, spricht Abu Omar al-Turkmani Asifa an.
>>Bei Allah, Weib, Dein Wissen schützt Dich noch. Aber das wird nicht ewig sein. Hüte Dich Weib vor einem Fehler, wir beobachten Dich jetzt. Jede Stunde, jede Minute, die Dir Allah schenkt, ist eine Gabe. So nur noch eins. Der Fatwa-Beirat besteht darauf, dass Du als Wiedergutmachung für Dein Versagen einen Kämpfer als Mann nimmst. Außerdem wäre das längst Deine Pflicht gewesen. Ich gebe Dir einen Monat Zeit, Weib.<<

Er greift in seine Ledertasche und knallt eine Liste auf den Tisch.
>>So meine Brüder, das erwarten die Gotteskrieger von euch. Kommt mir nicht mit Ausreden, Öl haben wir genug zum Bezahlen.<<
Die Liste liegt bei IT-Ingenieur Ibrahim Merah.
>>Da hast Du Dir aber nur das Beste ausgesucht, mein Bruder. Also meinen Segen hast Du, bei Allah.<<
Er schiebt die Liste weiter an den Wirtschaftsfachmann Kamil al Julani. Der studiert die Liste langsam und genau, schiebt sie dann zur Mitte des Tisches.
>>Bei Allah, so viel Geld haben wir nicht flüssig. Meinst Du mein Bruder, auf dem Markt können wir mit Öl bezahlen? Bei Allah, die wollen alle nur noch Dollars. Öl gibt es mehr als genug auf Weltmarkt. Aber gehen wir die Liste durch. Wir verstehen alle, dass wir Flugabwehrsysteme brauchen. Da brauche ich ja nur aus dem Fenster zu schauen. Gut, für die leichten Waffen reichen unsere Gelder aus. Die bekommen wir über den Irak und die Türkei für Öl und Dollars. Aber die Flugabwehrraketen, da müssen wir schauen.<<

Empört springt der Militärführer auf.
>>Bei Allah, die bomben uns doch jetzt schon unter die Erde. Ohne die Abwehrraketen können wir auf Dauer keine der Städte halten. Brüder schaut auf Aleppo. Wir sind hier nur 220 Kilometer entfernt mit anderen Worten bei Allah, drei Fahrtstunden entfernt. Wir habe nur noch beschränke Bestände von den sowjetische SA-7 Grail sowie modernere Strela-3,SA-14 und SA-16 Gimlet, neue werde die uns sicher nicht mehr verkaufen. Aber versucht es auf dem freien Markt. Auf jeden Fall brauchen wir schnellstens von den Chinesen die HongYing-6, und die Version PL-9C.<<
>>Da wäre es gut, wenn Asifa mit bei den Verhandlungen ist. Sie kennt die Chinesen aus früheren Einkäufen gut.<<
>>Was kann ein arabischer Händler nicht, was ein Weib kann? Sagt es mir.<<
Mohammad al Maidi schaltet sich ein:
>>Die Akzeptanz der Verkäufer und das Vertrauen, was sie bei den Chinesen hat. Das sind auf dem internationen Waffenmarkt genau so wichtige Aspekte, wie die Bezahlung.<<
Wütend spring der Armeechef auf.

\>\>Haltet ihr mich für dumm. Bei Allah. Die wollen doch verkaufen. Es ist doch nur eine Frage der Währung. Wie viele Waffenhändler kennt Ihr? Wenn Ihr hier nicht in der Lage seid mir meine Flugabwehrsysteme zu besorgen, so findet Ihr Euch ganz schnell an der Front wieder. Ihr könnt auch Allah mit der Waffe in der Hand dienen. Brüder, die Geld ausgeben können, haben wir bei Allah genug. Das Weib bleibt hier. Nur zum besseren Verständnis für Euch, ohne Flugabwehr bomben die uns zu Staub, auch Euch hier im Büro.\<\<

Wendet sich um und schreitet aus dem Raum. Von draußen hört man ihn sagen:

\>\>Weiber, ich bin umgeben von Weibern. Wie soll ich nur mit Weibern einen Krieg führen.\<\<

***

Natoflughafen Incirlik, Türkei

Im Sportraum trainiert Robert an seinen Bewegungen, als ein weiterer Außenagent den Raum betritt. Stephan Neuer, der auch zu der Gruppe 21 gehört, spricht Robert an.
\>>Robert, wenn Du hier fertig bist sollst Du Dich noch oben beim Boss melden.<<
\>>Bei Chef oder beim Boss?<<
\>>Na bei Alex.<<
\>>Lass das nie Alexander hören, dass Du Alex zu ihm sagst, da ist er sehr empfindlich, nur so als Rat unter Brüdern.<<
Er geht sich duschen und fährt dann mit dem Fahrstuhl nach oben. Im Büro von Dr. Dr. Preuss wird er schon erwartet.
\>>Bitte setze Dich, wie weit bist Du mit Deinen Vorbereitungen?<<
\>>Ich von meiner Seite könnte los.<<
\>>Robert, wir, und da spreche ich fürs Haus, wir schicken Dich da runter unter einer Bedingung. Du testest bei Deinem Einsatz neue Techniken. So zu sagen unter realen Kriegsbedingungen. In die Einzelheiten weiht Dich unten unser

Professor Uwe ein. Regel Deine privaten Angelegenheiten und melde Dich einsatzbereit.<<

*

Forschungsabteilung für Waffen und Material.

Leiter der Abteilung: Professor. Dr. Uwe Kraus.
Forschung, Werkstoffe und Chemiewaffen: Dr. Pierre Bauer.
Experte für biologische Waffensysteme: Dr. Dr. Klaus Baumann.
Waffenprüfung und Weiterentwicklung bestehender Systeme:
Außenagent >>Doc<< Volker Nuri.

*

>>Robert, das mit Syrien können wir Dir nicht ausreden. Schau Volker, drängt sich doch nach jedem Einsatz, will endlich beweisen, was seine Verbesserungen an den Waffen bringen. Nimm ihn als Partner mit, der Einsatz ist gefährlich und zwei Agenten können sich besser gegenseitig schützen.<<

>>Uwe, nett dass Ihr euch Gedanken macht, aber glaube mir, ich schaffe das auch allein, und wenn es riskant wird, sind ja noch unsere Freunde von der Joint Base Balad da. Außerdem fällt Volker als Blonder mit heller Haut sofort auf. Nichts für ungut Volker, Deine Zeit kommt sicher. Jetzt aber zu den Waffen, Freunde, was gebt ihr mir da mit? Ihr wisst, ich habe nur meinen Körper zum verstauen.<<

Grinst die drei an. Pierre legt einige Teile auf den Tisch.

>>Hier können wir Dir folgendes anbieten. Für die neuentwickelte Luftpistole von Volker gibt es zwei Sorten von Nadeln die Erste ist eine urangehärtete Nadel, die Du aber separat verschließen musst, da sie radioaktiv ist. Bei der zweiten Art von Nadel sind die Spitzen vergiftet und zwar mit einem hochwirksamen Nervengift. Was zur sofortigen Lähmung führt und nach 2-4 Minuten tödlich ist. Also pass auf, wenn Du damit hantierst, nicht dass es heißt Du hattest einen tödlichen Betriebsunfall. Volker erkläre ihm bitte die Luftpistole.<<

Volker nimmt die zerlegte winzige Pistole vor den Augen von Robert in die Hand.

\>\> Hier siehst Du den Körper, rechts und links kannst Du die beiden verschiedenen Nadeln einsetzen. Hier hinten befindet sich der Hebel für den Druckaufbau. Du kannst nur einmal damit schießen, dann musst Du neu spannen. Ich arbeite noch an Luftkammerpatronen aber das ist noch nicht ausgereift und macht die Pistole breiter. Aber zurück zu den Daten. Die urangehärteten Nadeln durchdringen alle bekannten Schutzwesten bei einem Abstand von ca. 4 bis 7 m, sonst liegt die Durchschlagskraft bei 15 m und sind so gut wie lautlos. Die Nadeln durchschlagen das Gewebe und überschlagen sich dann. Das hinterlässt tödliche Wunden. Sehr selten treten sie dann aus dem Körper wieder aus. Bei Kopfschüssen nie. Zu den Giftnadeln ist noch anzuraten, sie auch als Stachel zu benutzen. Aber wie gesagt Vorsicht. So jetzt präparier Dich und mach Dich mit den Waffen bekannt. Du hast alle Zeit mit neutralen Nadeln zu üben. Ich gehe wieder an meine Arbeit, Du weißt ja wo Du mich findest.\<\<

Nach einigen Minuten hat sich Robert für seinen Einsatz in Syrien umgezogen. Er ist bekleidet mit einem weiß grauen Thawb über einer schwarzen

Baumwollhose. Unter der Kleidung eine neuartige Schutzweste in Schuppenmuster, die schussfest und beweglich ist. Seine Kapuzenjacke ist im schmutzigen Grau bis ins sandfarbene Beige eingefärbt. Sie stellt wie alle Teile seiner Ausrüstung eine Sonderanfertigung der Villa dar. Extrem stichfest, mit Geheimfächern und sehr leicht. In den Fächer sind kleine Teile verborgen, wie Theaterschminke, Angelschnüre mit Hacken, sowie mehrere Pässe. Ein Satellitenortungs-Sender steckt im Kragenbereich. Sein Ledergürtel beinhaltet ein Geldfach und mehrere Fächer für Goldstücke. Auf dem Kopf trägt er eine schwarz-weiß karierten Kufija. Sein hellblauer Schal besteht aus Seidendraht und kann im Einsatz als Garrotte benutzt werden. Schuhe die aussehen als wären sie vom Müll, die aber in der Sohle ein rasiermesserscharfes dünnes Messer verbergen. Am linken Unterarm verbirgt sich ein Kampfmesser. Zusätzlich benutzt er einen zerschlissenen Rucksack für Waffen, wie die neuartigen Luftpistole, Nachtsichtgerät und Proviant.
>>Na wie gefall ich Euch?<<

Ein herzliches Lachen ist die Antwort.
>>Ist denn jetzt schon Karneval?, Gehe bloß nicht vor die Tür, die erschießen Dich gleich. Na für die Wüste reicht es ja ha, ha. Beduinen, Wüstensöhne, Araberfürsten aufgepasst, Robert Hartmann kommt jetzt und zeigt euch wie man Krieg führt. Gut Robert, zeig's denen da unten, aber komm gesund wieder. Wenn Du hier fertig bist, sollst Du Dich oben bei Thomas melden.<<
Robert spricht Volker „Doc,, an.
>>Kannst Du mir die Pistole so am Thawb verstecken, dass ich schnell zugreifen kann. Du kennst ja die Notwendigkeiten im Einsatz.<<

Oben bei Prof. Weil steht Robert vor der Bildschirmwand, starrt interessiert auf die Bilder.
>>Was gibt es noch Thomas?<<
Der schaut Robert besorgt an.
>>Robert Du weißt, dass der Einsatz sehr gefährlich ist. Wenn ich nicht so viel Vertrauen in Dich hätte, wäre es nicht in diese Richtung gelaufen. Aber genau wie Du glaube ich, dass wir jeder Information von dem IS brauchen. Jetzt aber eine Sache, ich lasse Dich nur gehen, wenn wir zweifelsfrei wissen, wo sich die Asifa aufhält

und Du bekommst dann drei Tage sie da rauszuholen. Colonel Mark Brandon ist da Dein Ansprechpartner, wie ich weiß kennt ihr euch ja.<<
>>Man kann sagen wir sind so gut wie Waffenbrüder oder gute Freunde.<<
>>Gut so, das beruhigt mich ein wenig. Wir versuchen mit einem neuartigen Akustikscanner Asifa zu orten. Ob wir sie auch in dem Chaos dort unten finden, können wir Dir nicht versprechen. Aber Du kennst ja unsere Spezialisten, ein Unmöglich gibt es für die nicht. Du fliegst mit einem unserer Versorgungsflieger zum Natoflughafen Incirlik Air Base, dann mit den Ami,s weiter ins Joint Base Balad. Den Rest besprichst Du mit Deinem Freund Colonel Brandon. Arbeite Dich weiter ein. Dein Abreisetermin steht noch nicht fest, Du bleibst in Bereitschaft. Wir melden uns, wenn wir Asifa lokalisiert haben. Die Aktion mit den Amerikanern heißt **„Wüstennebel,,**. Zwischen uns **„Sand und Wind"**. Hier lies Dich ein, das sind die neusten Erkenntnisse vom Islamischen Staat. Hast Du noch Fragen?<<
>>Im Moment nicht, ich gehe die Akte durch,

dann wahrscheinlich. Haben wir außer Asifa Kontakte in Al Raqqa die wir nutzen können?<<
>>Leider nein, Agenten einzuschleusen ist praktisch unmöglich, wie gesagt, Du bist auf Dich allein gestellt.<<

*

Nach Stunden erscheint Robert wieder im Büro von Prof. Weil.
>>Thomas, ich wäre dann soweit. Gibt es noch Punkte von Eurer Seite die wichtig sind? Sonst erwarte ich den Termin für den Einsatz.<<
Thomas kramt aus einer Schublade eine kleine Schachtel hervor.
>>Ich habe hier ein neues Spielzeug für Dich. Neu, aber lebenswichtig. Mach auf.<<
Reicht ihm die Schachtel rüber. Der öffnet sie und blickt erstaunt auf eine Uhr.
>>Ja Robert eine Uhr, aber die ist besonders. Sie beinhaltet ein GPS, der Dir genau zeigt wo Asifa ist. Wir geben Dir durch unsern Akustikscanner immer ihren Standpunkt auf der Uhr an. Wenn Du den Knopf hier drückst, erscheint eine Uhr mit Kompass. Drückst du weiter, erscheint ein

Röntgenbild deines Gegenübers. Weiter ertönt ein für Menschen nicht wahrnehmbarer Ton, der aber alle Tiere verscheucht. Dann ein Netz zum Aufladen der Batterie durch Licht. Aber gehen wir weiter. Laserstrahl zum Zerschneiden oder Öffnen. Zum Schluss zerstört sich die Uhr auch noch mit einer unglaublichen Explosionskraft. Also behandele sie gut. Wenn Du dazu Fragen hast, Uwe oder Volker kennen sich mit der Uhr bestens aus. Bereite Dich vor, ich lass Dich rufen, wenn wir den Termin mit den Amerikanern abgesprochen haben.<<
Klopft Robert beim Verlassen noch kameradschaftlich auf die Schulter. Es vergehen noch fünf Tage bis man glaubt, Asifa lokalisiert zu haben. Robert verbringt jede Minute in der Waffenkammer und übt sich mit den neuen Waffensystemen ein.

*

Vor der riesigen Monitorwand stehen Dr. Dr. Alexander Preuss, Professor Thomas Weil, Leiter der Analyseabteilung Klaus Grüters und Robert Hartmann. Auf einem Zwischenmonitor erscheint eine Sprachaufzeichnung. Klaus weist auf die welligen Sprachlinien.

>>Das Kollegen ist der aufgefangene Funkspruch. Jetzt lege ich die von uns lokalisierten Sprachfetzen darüber. In einigen Phasen haben wir eine völlige Übereinstimmung. Ich spiel Euch die Mal vor. Robert hör bitte genau zu, ob Du die Stimme von Asifa Basri erkennst.<<

Nach mehrmaligem Vorspielen der Bänder nickt Robert.

>>Das ist ihre Stimme, gehe von 90 % aus. Wo habt ihr die aufgenommen Klaus?<<

Jetzt erscheint ein Satellitenbild des Innenstadtbereiches von Al Raqqa. Eine rote Linie zieht sich über einige Straßenzüge. Klaus zoomt das Bild näher ran.

>>Hier sehen wir ihren täglichen Radius von wo wir die Aufzeichnungen gemacht haben. Wie ich weiß Robert, kennst Du Dich da ja aus. Ich habe die Aufzeichnungen per Datum, Uhrzeit und Straßennamen für Dich in einem Plan gespeichert, den kannst Du gleich mitnehmen. Hat einer der Herren noch Fragen?<<

>>Ja ich, wie habt Ihr das so schnell rausfinden

können bei der Lage und der Masse der Menschen?<<
>>Systematische Arbeit und ein wenig Glück, Alexander. Wir wussten von Robert wo sie früher gewohnt hat. Durch ihre hohe berufliche Stellung gingen wir davon aus, dass ihr Büro nicht all zu weit entfernt ist. In der Zone suchten wir, systematisch per Spracherkennungssoftware. Auf einem kleinen Markt hatten wir dann Glück. Sie unterhielt sich mehrfach mit Verkäufern. Die Software verfolgte sie dann. Die Linien seht Ihr hier.<<
>>Wirklich gute Arbeit Klaus, mein Kompliment.<<
>>Danke Alexander, ich gebe das meinen Leuten weiter.<<
Robert wendet sich seinem Vorgestzten zu.
>>Ich mach mich dann mal bereit, Ihr setzt mir bitte die Flugzeiten und Verbindungen fest. Komme zum Briefing noch hoch.<<

*

Als Robert die Villa verlassen hat, stehen Alexander und Thomas am Bürofenster von

Alexander und blicken auf den Rhein.
\>\>Komisch Alexander, ich kann mich einfach nicht daran gewöhnen einen der Jungs rauszuschicken. Habe immer Sorge um sie.\<\<
Nachdenklich antwortet ihm Alexander.
\>\>Bei mir ist es ähnlich, glaube manchmal so wie heute, ein Sohn verlässt die Familie. Was natürlich Unsinn ist, aber die Gefühle. Komm, bevor wir hier in Sentimentalität versinken, die Arbeit ruft, er bewältigt auch diese Aufgabe. Das glaubst Du doch auch Thomas?\<\<
\>\>Ich hätte ihn sonst nicht gehenlassen.\<\<

Auch Jane steht an ihrem Fenster, starrt in den Himmel, unterdrückt die Tränen.
\>\>*Bitte, bitte Robert, komm wieder, Du fehlst mir.*\<\<

*

Auf der Air Base Incirlik in der Türkei geht Robert vom deutschen zum amerikanischen Stützpunkt rüber. Meldet sich unter der Einsatzparole „Wüstennebel,, an. Ein Offizier weist ihn zum Hubschrauberlandeplatz, auf der gerade eine Maschine aufsetzt. Colonel Brandon springt als

erster aus der Apache und winkt Robert zu sich her Die beiden umarmen sich freundschaftlich.
\>\>Das ist ja toll mein Lieber, holst mich gleich gebührend ab, soll ich die nach Hause fliegen?\<\<
Brandon schüttelt den Kopf.
\>\>Jetzt bleib mal auf der Erde, Robert. Du darfst mitfliegen, mehr aber nicht. Die Schrammen die Du reinfliegst kannst Du nie begleichen.\<\<
Beide grinsen sich an.
\>\>Was ist das denn für ein neues Spielzeug?\<\<
Robert weist auf einen in der Luft stehenden Hubschrauber.
\>\>Ach der. Eine Absicherung für uns und gleichzeitig Zielerfassung für unsere Angriffe. In einen Anstand von 5 Miles steht der Bell OH-58F im Flusslauf des Euphrat, so dass man vom Ufer nur seine auf dem Rotorflügeln angebrachte Kugel sehen kann. Aber neu ist die nicht, Ihr habt sie doch auch bei der NATO.\<\<
\>\>Das schon, aber ich meine die veränderte Kugel oben.\<\<
\>\>Robert, Du kannst die doch auch fliegen, das solltest Du auch mal bewerkstelligen. Eine Überraschung erwartet Dich da. Die OH-58 hat ein völlig neues Flächenkontroll-Gerät

bekommen, ähnlich wie das französische Catherine-Langstrecken-Wärmebildgerät. Nur dies zoomt automatisch alle lebenden Körper an, oder auch andere Wärmequellen und das über viele Miles.<<

>>Wie genau?<<

>>Es arbeitet selbstsuchend und bei Kontakt vergrößert es das Bild je nach Einstellung und nimmt dann gleichzeitig die Zieleingaben vor. Wenn der Feind dann die Raketen hört, ist er schon tot. Aber wir haben noch ein interessantes Spielzeug bei uns. Wenn wir im Camp sind, sprich mich darauf an.<<

Grinsend nickt ihm der Offizier zu.

>>Meinst Du die RQ-180? Sag bloß, die habt ihr schon in der Luft?<<

>>Ja, die setzen wir hier als Aufklärungsdrohne ein. Unglaubliches Gerät, praktisch unsichtbar und lautlos, die schwebt über den Horizont wie eine Schwalbe. Aber sag mal, woher kennst Du das Gerät? Ist doch TOP-SECRET?<<

>>Ha, ha Mark, glaubt ihr Amis, nur Ihr spioniert. Aber eine Frage, ist die besser als die Chinesische CH-5 ?<<

>>Mehr darf ich nicht sagen, TOP-SECRET, mein Freund.<<

*

Der Hubschrauber nähert sich der US-Basis, setzt auf und stellt die Rotoren ab. Ein Fahrzeug hält in unmittelbarer Nähe des Apache. Die zwei steigen ein und der Wagen fährt los. Vor dem Hauptgebäude verlangsamt er sein Tempo und biegt dann vor einen bewachtem Hangar ein. Sie betreten den Hangar. Große Monitore und Überwachungsanlagen prägen den Raum.
>>Wie ich sehe, nichts Neues bei euch. Noch nicht einmal Blumen oder so, jetzt bin ich aber enttäuscht. Geht dem CIA das Geld aus? <<
Lachend antwortet Mark Brandon.
>>Ja, ja wir spielen nach wie vor Krieg. Bei uns findest Du nur Sand, Sand und nochmals Sand. Wenn Du Pflanzen suchst, bist Du wie immer zu spät. Vietnam, das hätte Dein Herz erfreut, aber hier wie gesagt nur Sand und Steine.<<
Beide gehen zum Briefing in die Offiziersmesse, danach treffen sich die beiden zum Rebriefing.

\>\>Robert, wenn sucht ihr in Raqqa? Vielleicht kann ich Dir helfen?<<
Robert schüttelt den Kopf.
\>\>Mann Robert, ich denke wir sind Waffenbrüder und Du kommst mir so.<<
Unter Brüdern Mark:
\>\> Asifa Basri, Finanzexpertin, sagt Dir das was?<<
Nachdenklich schau Mark Robert an.
\>\>Das ihr Deutschen euch jetzt schon eure Frauen aus der Wüste holen müsst, ist mir neu.<<
\>\>Na immer noch besser als wie im Camp schwul zu werden.<<
Mark umarmt ihn wie ein alter Freund. Leise flüstert er in Roberts Ohr.
\>\>Was ich Dir jetzt mitteile, ist streng geheim. Die Dame steht bei uns auf der Liste, weit oben. Tod oder lebendig. Die Betonung liegt auf tod. Mach was draus, Bruder.<<
Wendet sich ab, verlässt das Büro und verschwindet im Hangar.

*

Gegen Abend, es ist schon dunkel, startet ein in Tarnfarbe gestrichenes Flugzeug in Richtung Westen. An Bord ist außer den Piloten Mark Brandon und ein in Lumpen gehüllter Robert Hartmann. Mark weist Robert wiederholt auf eine kleine Insel nähe Al Raqqa hin.
\>\>Meinst Du, Du schaffst das auf die Insel, Robert? Ich riskiere keine meiner Maschinen für Dich, den Preis unsere Maschinen kennst Du. Für uns bist Du dann nur ein Kollateralschaden, mehr nicht. Wenn Du den Termin nicht hältst, bin ich weg.<<
Robert schaut gleichgültig auf die Karte. In dem Moment ertönt ein Signal, ein rotes Licht geht an.
\>\>In 60 Sekunden Absprung im Zielgebiet.<<

Mit einem Rauschen öffnet sich eine Luftschleuse. Robert erhebt sich und steuert auf sie zu, als ein grünes Licht erscheint, springt er in die Dunkelheit.
\>\>Viel Glück Robert für Deinen Einsatz. Vielleicht sehen wir uns ja mal wieder.<<

Durch seine Nachtsichtbrille sieht Robert die Erde auf sich zu kommen. Das Flugzeug verschwindet in der Nacht. Er schwebt mit seinem Gleitschirm an einem Gemüsefeld vorbei und steuert auf einen Sandhügel zu. Landet im Sand, rafft den Schirm zusammen und vergräbt ihn. Blickt auf seine Uhr, stellt sie ein und geht los. Ein alter Feldarbeiter auf dem Weg in die Stadt.

***

Traum und Wirklichkeit

Unruhig schmeißt sich Asifa auf ihrer einfachen Matratze hin und her. Seit die Flieger Al Raqqa in eine Trümmerwüste gebombt haben, musste sie schon viermal umziehen. Jetzt lebt sie in einer spartanischen Wohnung ohne großen Komfort. Einige Scheiben sind verklebt, nur wenige heil. Wasser und Strom gibt es wenn, überhaupt nur Stundenweise.

Das Gesicht taucht wieder auf. Träumt sie oder ist das wieder ihre Sehnsucht im Halbschlaf? Schöne Gesichtszüge, männlich, eine Spur von Nihilismus glaubt sie zu erkennen. Hinter seinen grauen, klaren Augen lauert versteckt das Raubtier, was sie beängstigt und gleichermaßen anzieht. Er ist so anderes wie die Männer hier. Europäisch, gelassen in sich ruhend, mit einer geheimnisvollen Aura umgeben. Verwirrt schüttelt sie ihren Kopf. Versucht aus dem Traum zu erwachen. Der Nebel verblasst und mit ihm das Bild. Ihr alter Wecker klingelt. Verwirrt steht sie auf und schaut im Bad, ob das Wasser

läuft . Reinigt sich dann mit dem gekauften Wasser aus Flaschen. Gedanken an Newburgh und Kanada schießen ihr durch den Kopf. *„Wie schön und frei ist das Leben dort. Nein, ich lebe hier, muss versuchen hier weg zu kommen.,,*
Die Wirklichkeit hat sie wieder. Kleidet sich an, nimmt ihre Taschen und verlässt die Wohnung. Auf der Straße streift ihr Blick über die Ruinen und den Schutt an den Straßenrändern.
>>*Nein, was ist aus uns geworden. Gut das Vater das nicht erleben musste.*<<

Nimmt ihre Tasche an sich und macht sie sich auf den Weg ins Büro. Sie geht, ohne auf ihre Umwelt zu achten gebeugt, die Straße entlang.

Ein alter Bettler spricht sie an.

*

Der Stadtrand liegt dunkel und verlassen da. Es herrscht Stille, Totenstille. Jetzt ist es auch in der Stadt empfindlich kühl. Robert geht durch die Straßen deckungssuchend an den Häusern lang. Als er eine Straße überqueren muss, wird er entdeckt.

\>\>He Alter, was suchst Du hier, es ist Sperrstunde. Bleib stehen oder Du stirbst.\<\<

Robert täuscht einen Fall vor und zieht dabei sein Messer, kniet am Straßenrand, als zwei IS-Milizen an ihn herantreten. Sein Rucksack ist ihm von der Schulter gerutscht und liegt seitlich neben ihm.

\>\>Was hast Du in Deinem Sack Alter? Gibt den her, wir müssen den kontrollieren. Hast bestimmt verbotene Ware dabei.\<\<

Als sich der Terrorist über ihn beugt, dreht sich Robert blitzschnell um und sein Messer dringt von unten über den Solarplexus bis ins Herz vor. Erstaunte Augen die aus der Augenhöhle treten starren ihn an. Nur ein leises „Ohhhhhh,, ist aus dem Mund des Todgeweihten zu hören.

\>\>Mohammed, was ist los, wirst Du nicht mal mit einem alten Greis fertig.\<\<

Beim Versuch seinen Kameraden zu unterstützen, nähert er sich den beiden., die noch in einer halbhohen Situation sind. Sein Blick ist auf Mohammed gerichtet, so dass er das Messer nicht kommen sieht. Ein Schrei halt durch die Nacht. Nur, Schreie werden in Al Raqqa nicht mehr wahrgenommen, zu viele hat man schon gehört. Ungläubig starrt er sekundenlang auf seinen Fuß, in dem das Kampfmesser steckt. Ihn so auf den Asphalt festnagelt. Der alte Greis springt auf und umfasst von hinten seinen Kopf. Krrrrr, knirscht sein Genick als es bricht. Robert zieht beide in eine Hauseinfahrt und untersucht ihre Taschen. Den Autoschlüssel nimmt er an sich. Setzt die beiden in einer Ruhestellung an die Hauswand, die unbrauchbaren Waffen sichtbar neben sie. Findet nach einiger Zeit den Wagen der Miliz und fährt damit in die Innenstadt. An einer Ruine stellt er das Auto ab, durchsucht es gründlich und geht dann weiter zum großen Park.

***

Minarett

>>La ilaha illa allah.<<
Weit schalt der Ruf zum Gebet, bis der Muezzin abrupt verstummt.

Ein alter Mann sitzt am Rand des Parks an einen Palmenstamm gelehnt. Die Morgensonne erwärmt schon mit ihren ersten Strahlen die Stadt. Um ihn herum ein Bild der Verwüstung. Eine der vielen Hauptstraßen, wie die Al Mogmaa-Straße, hat es hart getroffen. Nur der Park ist verschont worden, von den Bomben der Flugzeuge. Trümmerfelder und am Straßenrand ausgebrannte Autos. Vor einer Ruine sitzt ein Mann mit zwei kleinen Kindern und weint in seine Hände. Die Kinder schmiegen sich ängstlich an ihn. Kaum einer der vorbei gehenden Passanten beachtet die Familie. Auch der Alte nicht, die Kapuze ist ihm weit über sein schmutzverschmiertes Gesicht gezogen. Auch seine Kleidung lässt auf einen armen Landarbeiter schließen. Teilweise ist sein Umhang zerfetzt und grau verstaubt. Seine Beine

sind so geschickt verwinkelt als, ob ihm ein Bein fehlt. Nur die Augen suchen aufmerksam und prüfend die Gegend ab. Eine junge Frau nähert sich eilig dem Mann, beachtet ihn aber nicht. Gekleidet mit einer schwarzen Burka, die das Gesicht freilässt, ist sie in Gedanken vertieft. Als sie auf seiner Höhe ist, kommt leise von dem Alten: >> Wer kennt die Wege Gottes?<<
Sie geht weiter, nach wenigen Schritten bleibt sie wie vom Blitz getroffen stehen. Schaut sich verwirrt zu dem Alten um und geht langsam zu ihm zurück.
>>Was hast Du gerade gesagt?<<
Der Sitzende antwortet ihr, ohne seinen Kopf zu heben.
>>Wer kennt die Wege Gottes? Asifa, tu so, als wenn du etwas aufhebst, nur zu unserer Sicherheit, falls wir beobachtet werden.<<
Im Bücken versucht sie sein Gesicht zu sehen und flüstert:
>>Wer bist Du?<<
Leise kommt zurück:
>>Den Du gesucht hast? Wen sonst hast Du gerufen? Wie geht der Satz weiter?<<
Sie bückt sich kurz und schickt sich an weiter zu

gehen.

\>\>Wer kennt die Wege Gottes? Der Wind weht uns zusammen, genauso schnell verweht er uns auch wieder. Warte hier nach Einbruch der Dunkelheit auf mich bei den steinenden Löwen. Weißt Du, wo das ist? Ich muss jetzt zum Dienst, wer immer Du auch bist.\<\<

Nachdem Asifa in der nächsten Straße verschwunden ist, erhebt sich die Gestalt und durchschreitet leichtfüßig den Park, bis er sieht, welches Gebäude Asifa betreten hat. Nach einiger Zeit schlurft er an dem Haus vorbei und markiert es als Angriffsziel. Verkriecht sich in einer der Ruinen, immer mit dem Blick auf die Straße.

In Bonn fängt die Villa eine Nachricht aus Al Raqqa auf.

„AN SAND, TAUBE GESEHEN, WIND GESÄT.„

***

Joint Base Balad

Vier Offiziere sitzen in einem Hangar auf dem Luftwaffenstützpunkt Joint Base Balad der US-Air-Force. Der Hangar dient als Überwachungsanlage für Geheimaufträge der US-Streitkräfte im Irak und Syrien. Es reihen sich Großbildmonitore an Bildwände, die Satellitenlaufbahnen, Überwachungsvideos und Einzelbilder zeigen. Die vier Offiziere setzen sich aus dem Geschwaderführer Major Anthony Fallon der Jagdbomber Staffel F22 Raptor , Major William Singer, Führer der Angriffshubschrauber, einem Rettungspilot Captain Ryan Roberts und dem Spezialagenten Brandon zusammen.

Spezialagente Colonel Mark Brandon: United States Navy, SEAL-Team. Verbindungsoffizier zur CIA, USA, 40 Jahre. Dunkelhaarig, schlank, 176 cm groß. Immer militärisch korrekt gekleidet. Ausbildung in der Militärakademie West Point. Einzelkämpferausbildung. Einsätze auf Atom-U-Booten, Flugzeugträgern und bei Geheimeinsätzen.

Mark Brandon als Leiter der Aktion „Wüstennebel,, führt das Briefing aus:
>> Meine Herren, wir starten ein gemeinsames Unternehmen mit der NATO. Die Aktion „Wüstennebel,, dieser Einsatz ist eine reine Rettungsaktion, die ich persönlich leite. Unser Einsatz besteht aus zwei Gruppen die parallel laufen. Eine als Angriff, die andere als Rettungsaktion. Jede agiert selbständig und ist auch eigenverantwortlich, nur die zeitgleiche Aktion verbindet unsere Einsätze. Ihre Befehle liegen Ihnen in schriftlicher Form vor. Anbei auch die allgemeine Wetterlage, da haben wir ideale Angriffsvoraussetzungen. Der Start im Morgengrauen ist so gelegt, dass wir aus der aufgehenden Sonne kommen. Als erstes fliegt die OH-58 Kiowa Warrior zur Zielmarkierung los. Ihr folgt zur Absicherung mit zwei Apache-Longbow-Kampfhubschrauber. Dann übernehmen die F-22 die erste Angriffswelle, gefolgt von den Apachen. Gibt es hier zu Fragen?<<

Er blickt alle Anwesende an und führt dann weiter aus.
>>Jetzt zu uns. Von hier aus versuchen wir, das Gebiet der IS zu kontrollieren. Unsere stärkste Waffe sind die Drohnen und die Satellitenüberwachung, da eine Unterwanderung durch V-Männer praktisch unmöglich ist. Auch der Versuch Agenten anzuwerben schlug fehl. Wir haben zurzeit weltweit um die 60 Drohnen zeitgleich in der Luft, die 30 Stunden Flugzeit haben. Von diesem Punkt aus überwachen unsere Drohnen, wie die MQ-1 Predator, das gesamte IS-Gebiet. Das Gebiet ist flächenmäßig sehr groß und verändert sich militärisch von Tag zu Tag. Bitte prägen Sie sich die Flugrouten der Drohnen ein. Die Routen sind mit unserer Aktion weitgehend abgestimmt, auch mit der syrischen- und russischen Luftwaffe. Zurzeit schließen sie einen Teil von Syrien und den Norden vom Irak mit ein. Die Lage im Großraum Bagdad verändert sich auch fast stündlich. Was uns aber nicht weiter tendiert. Jetzt noch eins zu Ihrer Sicherheit, wenn einer der Herren abschmiert, ich folge dem Luftangriff mit unserem Rettungsteam. Also keine Scheu, wir sammeln

euch ein. Hat einer der Herren noch Fragen? Gut dann sehen wir uns auf dem Flugfeld.<<

*

Der NAVY SEAL Gregg Turner schlittert mehr als er geht den Hang hinunter. Ein Hang bestehend aus Felsen, groben Steinen, Sand, ohne Grün. Hinter ihnen türmt sich ein graubeiges Gebirge auf, vor ihnen weiter unten schlängelt sich der Euphratfluss mit kleinen Inseln. Hinten im Dunst der Hitze erkennt man Al Raqqa.
>>Verdammte Gegend, Du glaubst nicht, wie ich dieses Land hasse. Was machen wir überhaupt hier? Shit Hitze, nichts als Hitze und Steine, so habe ich mir meinen Dienst nicht vorgestellt, zum Kotzen mit dem Sand. Können wir nicht runter zum Fluss, da ist es sicher kühler und angenehmer? Erklär mir, was wir hier sollen und wie lange?<<
Genervt dreht sich sein Vordermann um. Schaut ihm nur kurz in die Augen und sagt:
>>Was ist Gregg, willst Du hier sterben, dann ruf noch lauter, dass wir kommen. Idiot, wie lange

sind wir beide schon in diesem Land. Gut, ich bin auch nicht begeistert, aber es ist nun mal unser Job und den führen wir hier aus. Reiß Dich zusammen und stolpere nicht durch die Gegend. Wenn ich den idealen Platz gefunden habe, weise ich Dich ein und jetzt verhalte Dich wie ich es Dir beigebracht habe und hör auf zu heulen.<<
Mark Mc Naity, Sniper in der US-Armee, genauer bei den NAVY SEAL klettert vorsichtig mit seinem Speziallangschaft-Scharfschützengewehr AWM L115A3 durch die Felsen. Blickt sich sichernd um und misst durch ein Spezialglas den Abstand zu einer Flussinsel. Nachdem er eine größere Felsengruppe erreicht hat, gibt er Handzeichen.
>>Tarn die Stelle und zieh Dein Ghillie-Anzug an, hier bleiben wir. Deckung vom Ufer genug, du behältst den Hang im Auge, nicht dass uns von da etwas überrascht. Ich richte das Gewehr ein. Die Daten vom Wind und Entfernung nehme ich selbst. Sei jetzt meine Augen nach hinten, Soldat.<<
Innerhalb weniger Minuten ist das Scharfschützennest ausgebaut und mit Tarnnetzen überzogen. Scharfschützengewehr,

Windmesser mit Kompass, Wärmebild und Nachtsichtbrille, Proviant und Plastikbeutel für den menschlichen Abfall, alles ist jetzt so präpariert, dass es mit wenigen Handgriffen verfügbar ist. In der Nacht sind die beiden tief in den Bergen vom Hubschrauber abgesetzt worden. Gregg Turner wendet sich wieder an seinen Kameraden, flüstert ihm zu:
>>Was ist das für eine Siedlung hinterm Fluss, Mark, können die uns gefährlich werden?<<
>>Gefährlich? Gefährlich kann uns nur Dein blödes Gelaber und die Mücken von da unten werden. Also nach den Mund zu und halt die Augen offen.<<
Richtet sich einen Platz ein, in dem er gemütlich auch mal die Augen schließen kann.
>>Nur noch eine Frage, auf wen warten wir hier eigentlich? Truppen von uns ja wohl nicht. Bis hierher trauen sich doch nur die Flieger und so Lebensmüde wie wir.<<
>>Da drüben das Dorf heißt Jazrah und ist IS-Gebiet wie alles hier. Unser Auftrag heißt: Liquidierung einer Terroristin. Sie kommt wahrscheinlich mit einem Doppelagenten unten auf der Insel an. Werden sich sicher im Gehölz

verstecken. Den Doppelagent nur bei eigner Gefährdung, töten. Danach absetzen zum Treffpunkt. Zufrieden Soldat?<<
>>Bullshit Mark, das können die doch mit einer Drohne erledigen, warum immer wir?<<
>>Warum wir? Mann Gregg, hast Du unseren Job immer noch nicht begriffen, weil wir geil auf den Tod sind.<<

*

Östlich von Raqqa steigt die blutrote Sonne aus einem Meer von Sand auf. Die Luft ist klar und kalt. Die übergroße Digitaluhr zeigt 0512 Uhr an, als die Jagdflugzeuge vom Typ F-22 Raptor wie ein Wüstensturm über die Grünflächen am Euphrat hinweg jagen und ihr Ziel am Ufer bei Jazrah angreifen. Der Angriff auf die Ölraffinerie erfolgt aus der aufsteigenden Sonne im absoluten Tiefflug den Flusslauf lang, so dass die Radarwarnung keine Gefahr anzeigte. Zwei der F-22 zerstören die Flak- und Flugabwehrbatterien, bevor die folgenden Flugzeuge ihre Hellfire-Raketen abschossen. Die Ölanlagen stehen in Sekunden in Flammen.

Ein Inferno aus Flammen, berstenden Tanks und hilflosen Menschenleibern bleibt zurück. Dass den Jägern eine zweite Angriffswelle von Kampfhubschraubern folgte, damit rechnete unten niemand. Diese greifen unter einem grellen Pfeifton alle Lagerhallen und Depots im Bereich des Flusses an. Die Menschen versuchen wieder panikartig in Deckung zu flüchten. Eine der Maschinen setzte sich dicht über dem Wasserspiegel in Richtung Westen ab. Landete auf einer der vielen langgezogene Flussinseln.

*

Ein Wirbel aus Staub und Sand lässt den Hubschrauber für Sekunden in dem Sandnebel verschwinden.

Schemenartig wird der Black Hawk sichtbar. Mark Brandon springt aus dem Hubschrauber und sieht sich suchend um. Geht suchend bis zu der Baumgruppe, blickt dann auf seine Uhr. Schüttelt seinen Kopf und spricht in sein Headset.
>>Hier ist niemand, los holen wir unsere Sniper und ab nach Hause.<<

Unter einem erneuten Sandwirbel steigt der Kampfhubschrauber auf und kippt leicht in Richtung der Hügel ab.

***

Verschollen

Als Asifa das Büro verlassen will, klingelt das Telefon.
>>Ja.<<
>>Hier al Maidi, Du sollst morgenfrüh direkt zu uns ins Zentralbüro kommen. Es werden neue Brüder vorgestellt. Vorsicht Asifa, ich habe so ein dumpfes Gefühl.<<
Verwirrt verlässt sie ihr Büro, eilt zu ihrer Wohnung. Überspielt gesammelte Daten auf einen USB-Stick und löscht die Daten auf ihrem Laptop. Im Bad klebt sie sich den Stick auf die Kopfhaut und flechtet dann ihr Haar darüber. Auf dem Bett liegend versucht sie, sich zu beruhigen. Die Gefahr auf der Dienststelle und das Treffen mit dem Unbekannten hat sie nervös und unruhig werden lassen. Fühlt sich auch in ihrer Wohnung nicht mehr sicher. Glaubt, dass tausend Augen sie beobachten. Vorm Spiegel spricht sie sich Mut zu.
>> Konzentrier Dich auf das Treffen, sieh nicht überall Gefahr. Beruhige Dich und warte ab was

kommt. Reagieren kannst Du immer noch.<<
Nach Einbruch der Dunkelheit verlässt sie ihre Wohnung. Geht, sich immer wieder sichernd umsehen, auf den Park zu. Kurz vor den Steinernden Löwen, berührt sie eine Hand von hinten. Erschreckt fährt sie rum.
>>Ruhig, ganz ruhig, ich bin es bloß, der Wind.<<
Verdutzt erkennt sie eine zerlumpte Gestallt die neben ihr steht.
>>Wo können wir uns gefahrlos unterhalten?<<
>>Wer bist Du?<<
>>Der den Du gerufen hast.<<
Geht dicht an sie heran damit sie ihn erkennen kann.
>>Du bist der Mann aus Genf.<<
Er nickt ihr zu.
>>Wir müssen hier weg, wo ist es sicher? In den Ruinen oder hier im Park?<<
Unschlüssig blickt sie sich um.
>>In meiner Wohnung fühle ich mich seit heute beobachtet, wir sollten zu einer früheren Wohnung gehen. Die ist zwar zerbombt aber unbeobachtet. Kein Licht und Wasser, die Wände zum Teil offen.<<

>>Gut, geh Du vor, ich bleibe hinter Dir und sichere Dich ab, auch wenn Du mich nicht siehst.<<

*

Der einzige Raum der noch einigermaßen intakt ist, ist die Küche. Die Fenster gesplittert oder eingedrückt. Türen in der Wohnung entfernt, Möbel zerstört oder entwendet. Wände nach draußen offen und alles voller Schutt. Robert schleift eine Matratze in den Raum und sichert den Treppenaufgang mit Glassplitter. Beide sitzen nebeneinander auf der Matratze. Er beginnt das Gespräch mit einer Frage.
>>Warum Dein Hilfeersuchen? Deine Position bei euch ist doch gesichert, Du als Führungsperson?<<
Sie schüttelt verzweifelt den Kopf.
>>Seit mein Mentor Abu Abdullah al-Masri von den Amerikanern entführt wurde, sinkt mein Ansehen. Es ist nur noch eine Frage der Zeit bis die mich abgelöst haben. Das heißt; Zwangsehe oder Gefängnis. Bei meinen Wissensstand, bedeutet das eher der Tod. Wenn dann noch

herauskommt, dass ich von der Gruppe „ Freiheit für Al Raqqa,, wusste und es nicht gemeldet habe, ist mir der Tod sicher. Ich glaube, dass der Geheimdienst „ Amniyat,, uns im Büro überwacht. Damit muss ich jeden Tag rechnen. Zudem kann ich keine Enthauptungen mehr mit ansehen, was von uns verlangt wird. Die Gesichter der Köpfe verfolgen mich nachts in meinen Träumen. Träume, in denen auch Du vorkommst. Eigenartig erst spricht mein Vater mit mir, dann verblasst sein Antlitz und ein amerikanischer Offizier erscheint, auch sein Bild verliert sich in Deinem Bild. Während Du noch zu mir sprichst überdecken dann die Toten auch Dein Gesicht. Nur Deine Worte höre ich immer wieder, bis ich plötzlich aufwache.<<
>>Von welchen Worten sprichst Du?<<
>>Du kennst die Worte, sonst wärst Du nicht hier.<<
Lächelnd wiederholt der den Satz.
>>Wer kennt die Wege Gottes. Der Wind.<<
>>Weht uns zusammen und genau so schnell verweht er uns auch wieder.<<
Kommt von ihr.
>>Du willst also, dass ich Dich hier raushole?

Du weißt aber, dass wir Informationen über Deine Arbeit und den IS erwarten. Quid pro quo. Um auf euren Geheimdienst zu kommen, kennst Du da Namen oder Personen?<<

Er steht auf und geht vorsichtig ans Fenster. Sieht im Treppenhaus nach und verstellt dann noch die Eingangstür.

>>Ja schon, aber nicht bei uns in Al Raqqa. Bei Kaufverhandlungen und Auslandsbesuchen war immer einer von der Amniyat dabei. Nur habe ich das immer als unseren Schutz angesehen, mir nie mehr Gedanken darüber gemacht.<<

>>Soweit so gut, jetzt zu unserer Sicherheit. Wer kann uns helfen? Bekannte, Familie oder Freunde?<<

>> Nur wenige, das Misstrauen untereinander ist sehr groß. Es gibt zwar einen Widerstand gegen den IS, aber wir kennen uns untereinander nicht. Mein Kontakt ist mein Büroleiter, Mohammad al Maidi. Er gehörte auch zur „ Freiheit für Al Raqqa,, Durch die Gruppe konnte ich die Nachricht verbreiten. Hoffte, dass Du davon erfährst. Bekannte gibt es keine, die haben alle Angst. Von der Familie vielleicht mein Cousin. Der Sohn meines Onkels, Sanhari Al Soma und

seine Frau Tahire. Wann wollen wir den los?<<
>>Wenn es geht sofort, wir holen noch Proviant und Kleidung für Dich und dann nichts wie raus aus Al Raqqa. Kannst Du mit einer Waffe umgehen?<<
Asifa winkt ab.
>>Mit einer Pistole schon, mehr aber nicht.<<
>>Hier nimm die, und trage sie bei Dir, lass niemanden näher als zwei Meter an Dich ran, das ist Dein Sicherheitskreis. Frage nicht , schieß lieber, bei Euch ist alles und jeder gefährlich.<<
>>Ich muss morgen aber erst noch ins Büro, das ist sehr wichtig. Kann noch mehr Informationen ziehen und wir bekommen neue Brüder. Da sind für Euch die Namen wichtig. Außerdem kann ich mich nach den Kontrollstellen erkundigen. Seit es einen Überfall auf eine Streife gegeben hat, sind die alle sehr nervös und haben die Wachen sowie die Kontrollstellen verstärkt. Du warst das nicht?<<
Robert übergeht die Frage.
>>Sehen wir zu, dass wir in Deine Wohnung kommen, dann sehen wir weiter.<<

*

Langsam fährt der Wagen mit der schwarzen Flagge die Straße lang. Die Besatzung kontrolliert mit ihren Blicken die Fenster im ersten Stock eines Wohnhauses.
\>\>Die ist nicht da oder schläft schon. Sollen wir hoch und die Tür eintreten? Wie lauter der Befehl?\<\<
Sein Beifahrer blickt auf eine Seite Papier.
\>\>*„Nur bei Sichtkontakt, unauffällig festnehmen„*.
Ich denke die wollen kein Aufsehen erregen, ist wohl eine hohe Nummer bei uns. Aber du siehst, auch die sind dran.\<\<
\>\>Fahr weiter, bei unserer nächsten Runde schauen wir nochmals nach.\<\<

Dass sie von vier Augen beobachtet wurden, ist ihnen entgangen.

*

Als das Fahrzeug hinter einer Kurve verschwunden ist, überqueren Robert und Asifa die Straße.
\>\>Geh schnell hoch und pack zusammen was Du

tragen kannst. Wasser und leise Schuhe sind wichtig. Hast Du einen Rucksack, damit geht es am besten. Mach auf keinen Fall Licht. Die kommen bestimmt wieder zurück.<<
Asifa verschwindet im Haus. Sekunden ziehen sich hin, Minuten verstreichen. Das IS-Fahrzeug kommt zurück, fährt sehr langsam am Haus vorbei, stoppt dann. Robert will auf den Wagen zugehen, als der wieder anfährt. Asifa die gerade aus der Tür kommt schreckt sofort zurück. Erst als das Fahrzeug sich entfernt hat, überquert sie die Straße.

Die Nacht in der alten Wohnung war mit Sicherung und Kurzschlafphasen belegt. Gegen Morgen, erfrischt sich Asifa mit etwas Trinkwasser und kleidet sich dann in Schwarz.
>>Denk daran, auch wenn Du mich nicht siehst, ich bin immer in Deiner Nähe.<<
Vor dem Zentralbüro stehen zwei Milizfahrzeuge. Die schwarzen Flaggen hängen runter, kein Lüftchen weht. Von den Milizen ist keiner zu sehen. Sie sieht von weiten ihren Freund und Büroleiter am Fenster stehen. Erst beim Näherkommen erkennt sie das Kreuz was

er mit den Fingern macht. Vor dem Gebäude biegt sie rechts ab, beschleunigt ihre Schritte und verschwindet im Park. Das Mohammad al Maidi brutal vom Fenster weggerissen wurde, hat sie nicht mehr mitbekommen.

*

>>Gefahr, Gefahr, das ist unser Zeichen bei Gefahr. Die überkreuzten Finger symbolisieren bei uns im Widerstand Gefahr. Hoffentlich gilt das nur mir. Mohammad hat noch Familie. Was soll ich jetzt tun?<<
Ängstlich sitzt Asifa auf der Matratze in der zerbombten Küche, blickt Robert an.
>>Konzentrieren, Asifa, wir müssen uns auf die Flucht konzentrieren, alles andere bei Seite schieben. Versuche Dich zu entspannen, ich weiß wie schwer das ist. Schlaf, damit wir in der Dunkelheit aus der Stadt kommen. Traust Du Dir das zu? Die Flucht wird sehr anstrengend.<<
Robert beugt sich über sein Tablet, errechnet Fluchtwege.
>>Wenn wir über Land flüchten ist das außerordentlich gefährlich. Wir durchqueren

Orte, wo keiner die Machtverhältnisse kennt, ob wir in der Al-Nusra-Front, Al Kaida oder in dem Gebiet der Hissbollag sind, das weiß keiner von uns. Die Kriegslage hier kann sich stündlich ändern. Den regulären Truppen von Assat sollten wir auch aus dem Weg gehen. Von Granatenfeuer, Bomben und verirrten Gewehrkugeln will ich gar nicht erst sprechen. Geplant war eine Rettungsaktion mit den Amerikanern. Die hat sich aber erledigt, da Dich die Amis sofort verhaften oder mit anderen Worten neutralisieren werden. Da sie wissen, dass ich Dich hier raus holen will, werden die mit allen Mitteln versuchen Dich zu eleminieren.<<

Fragend schaut sie Robert an.

>>Ich bin doch nur eine Finanzexpertin, keine Terroristin.<<

>>Asifa was glaubst Du wer gefährlicher ist, ein Finanzexperte der Geld einsetzen kann oder ein einfacher IS-Kämpfer? Sei doch nicht naiv, ihr habt Waffen gekauft, Du warst als Finanzexpertin dabei, ich sage nur Genf. Außerdem stehst Du bei vielen Ländern auf der Schwarzen Liste, und zwar weit oben. Das beste

was Dir noch passieren kann, wäre der Status des,, Non Grata,,. Aber lassen wir das, unsere Flucht ist wichtiger. Sag mal, gibt es in Al Raqqa einen Bootsverleih oder Ruderklub?<<
>>Ja, ein Ruderklub, der aber jetzt bei den Angriffen verlassen ist. Mohammad ist da Mitglied, daher weiß ich das. Es ist zu gefährlich mit den Booten auf dem Euphrat, wenn die Flieger kommen.<<
>>Wo ist der Klub?<<
>>Willst Du etwa über den Fluss fliehen? Das ist unmöglich, da sehen uns doch alle, auch wenn wir nur am Ufer lang fahren.<<
>> Wir versuchen über den Euphrat in die Türkei zu kommen, bis zur Stadt Iskenderun. Der Fluss zieht sich lang über Grenzen.<<
Unschlüssig und nervös tippt Asifa gegen die Wand.
>>Wir kommen doch nie über die Talsperre weg. Per Straße schon, wenn wir die Kontrollsperren schaffen. Aber per Boot, nein. In der Stadt an der Talsperre lebt mein Cousin mit seiner Frau, da könnte ich vorbei. Von hier bis zur Stadt Ath Thaura sind so 35 km.<<
>>Wo ist der Ruderklub, Asifa? Komm zeig mir

das hier auf meinen Tablet.<<

Sie tippt auf dem Tablet die Straße 6 bis runter zum Euphrat, neben der Brücke.

\>>Hier neben der Brücke, dort geht eine kleine Straße runter zum Klub. Ob da noch jemand ist weiß ich nicht. Soll ich versuchen Mohammad anzurufen?<<

\>>Nein, hast Du noch ein Handy. Zerstör es sofort. Die können das doch orten? Wir müssen hier weg, Die suchen Dich doch.<<

Sie bewegen sich zwischen dem allgemeinen Passantenverkehr in Richtung der Euphratbrücke, eine Frau mit ihrem alten Vater. Die dann in einer Ruine verschwinden.

*

Der Sport- und Ruderverein liegt dunkel und verlassen am Flussufer. Robert und Asifa bewegen sie vorsichtig auf den Eingang zu.

\>>Siehst Du Licht? Bleib vor dem Tor, ich erkunde den Klub.<<

Er verschwindet in der Dunkelheit. Der dünne Strahl der Taschenlampe blitzt zwischen den Schuppen auf. Mit einem mal ein schwaches

Licht im Lager.
>>Ist da jemand?<<
Ein alter Mann mit einer Laterne kommt aus dem Lager. Sieht sich suchend um.
>>Ist hier jemand?<<
Robert steht plötzlich neben ihm. Erschreckt fährt der Mann zurück.
>>Bei Allah, was suchen Sie hier, das ist privat? Wer sind Sie?<<
>>Kann ich bei Ihnen ein Boot kaufen? Ich bezahl in Dollar.<<
>>Nein, ich verkaufe nicht, achte nur auf die Boote. Wieso jetzt zur Nacht? Wer bist Du? Du bist Ausländer. Ich glaube Du bist ein Spion, das melde ich.<<
Sein Schlag mit dem Paddel verfehlt Robert um Zentimeter. Die Klinge fährt aus dem Armhalfter und dringt dem alten Mann in die Brust. Verdutzt schaut er auf das Messer in seiner Brust, verdreht die Augen und kippt nach hinten um, reißt im fallen noch einen Stapel Paddel mit sich.
>>Musste das sein?<<
Er nimmt den Leichnam, trägt ihn zum Ufer und schneidet ihm die Bauchdecke auf. Langsam treibt er auf dem Fluss, versinkt dann im Wasser.

*

>>Wo warst Du so lange? Ich habe Angst hier allein.<<
Robert schließt das Tor auf.
>>Ich habe den Schlüssel gesucht und den Wächter beruhigt.<<
Angstvoll blickt sie sich um.
>>Wächter? Wo ist der? <<
Er verschließt wieder das Tor. Sie flüstert:
>>Wo ist der? Macht der keinen Ärger?<<
Robert zieht sie am Arm zum Lagergebäude hin.
>>Der ist bei den Jungfrauen, konzentrier Dich, wir suchen uns ein Kanu oder mit was fahren hier die Fischer raus? Es muss unauffällig und leicht sein, wenn wir um die Talsperre wollen.<<
Sie leuchten alle Boote ab, die im Lager hängen. Sportruderboote, schmal und lang. Zwei- bis Viersitzer.
>>Komm wir suchen draußen weiter. Die sind zwar schnell, aber zu lang. Fallen sofort auf.<<
Am Steg ist ein Kanu befestigt. Robert zieht es aus dem Wasser und prüft das Gewicht.
>>Zu zweit sollten wir das tragen können, ist ja nur für wenige Kilometer. Komm wir paddeln

los, müssen noch in der Nacht an der Talsperre vorbei. Sonst warten wir davor, die nächste Nacht ab. Das wäre nicht so gut.<<
Das Kanu gleitet ins Wasser, Robert springt dann ins Boot. Bis sie einen gleichmäßigen Rhythmus beim paddeln gefunden haben, sind nur wenige Meter gegen den Strom geschafft.
>>Nur gut, dass die Brücke nicht mehr beleuchtet ist, das wäre gefährlich geworden. Versuch ruhig und gleichmäßig zu paddeln, ich achte auf die Richtung. Hier auf dem Wasser haben die ja keine Sperren, oder kennst Du welche?<<
>>Ja vor der Talsperre, so ein Kilometer davor kontrollieren sie mit einem Motorboot den Fluss.<<
>>Weißt Du ob auch nachts?<<
>>Nein, ich weiß das nur von meinem Cousin, der an der Mauer da arbeitet, dass da Kontrollboote auf beiden Seiten der Talsperre fahren. <<
>>Gut dann müssen wir eben großflächig an der Mauer vorbei. Nur eins Asifa, unsere Sicherheit ist das Wichtigste, ob wir einen Tag schneller oder später unsere Ziele erreichen ist unwichtig.

Wichtig sind wir und unsere Sicherheit, nichts anderes.<<

Gegen morgen sind sie circa fünf Kilometer von der Staumauer entfernt. Sie sehen sie von der Flussmitte aus.

>>Wir können nicht mehr weiter, die Gefahr, dass wir entdeckt werden, ist zu groß, verstecken wir uns am Ufer und erholen uns für die Nachtaufgabe, die wird richtig hart. Ich richte uns ein Versteck her, damit wir uns im Wasser reinigen können, ich riech schon.<<

>>Nicht nur Du, mein Angstschweiß ist kaum zu ertragen.<<

Als er nackt aus dem Wasser steigt, hat sie einen Liegeplatz mit Decke hergerichtet. Erfrischt schläft er sofort ein. Ein unterdrückter Schrei lässt ihn hochschrecken. In Sekundenbruchteilen hält er seine Waffe in der Hand. Asifa versucht schnell aus dem Wasser zu kommen. Sie ist noch bekleidet und stöhnt auf. Schüttelt sich verzweifelt und weist auf ihre Hose.

>>Was ist los, hat Dich was gebissen?<<

>>Ein Tier, in meiner Hose, eine Schlange oder sowas.<<

Robert kann sich das Grinsen nicht verdrücken.
>>Bist Du noch Jungfrau oder nicht?<<
>>Verdammt bei Allah, unternimm was.
Jungfrau wieso?<<
>>Na dann, kann das Tier oder Schlange nicht in Dich rein.<<
Asifa zeigt schon Anzeichen hysterisch zu werden. Sie steht jetzt durchnässt vor ihm. Betont langsam gleiten seine Hände an ihr runter.
>>Ich muss darein fassen, scheint eine Schlange zu sein, hoffentlich ist die nicht giftig.<<
Dreht seinen Kopf zur Seite, um sein Lachen zu verbergen. Seine Hand fährt von oben in ihre Hose, tastet sich über ihre Bauchdecke nach unten. Befühlt ihre Scham und sucht weiter. Als er an etwas glitschigem ist, greift er zu und schmeißt es ins Wasser.
>>Zieh dich bitte ganz aus, ich muss kontrollieren, ob noch mehr von der Sorte an Dir hängen.<<
Starr vor Schreck starrt sie auf die Stelle im Wasser, wo das Tier verschwunden ist. Als sie sich nach Minuten nicht rührt, nur vor ihm zittert, entkleidet er sie.
>>Ich muss Dich gründlich absuchen, das ist zu

Deiner Sicherheit, nicht dass sich noch eine weitere Schlange versteckt hat. Die Viecher können ganz schon gefährlich werden im Körper eines Menschen.<<

Hysterisch schreit sie ihn an.

>>Bei Allah, such endlich, ich will nicht hier sterben.<<

Er kontrolliert ihren Oberkörper, unter den Armen und geht dann weiter nach unten. Sein Finger gleitet in ihre Scheide.

>>He was machst Du?<<

Er sucht weiter, dringt in den Anus ein und zieht sich wieder zurück.

>>Da ist nichts, ich muss aber nochmals in die Vagina, da stimmt was nicht.<<

Beim weiteren Befühlen, merkt er, dass sie sich entspannt und weicher wird. Ihre Verkrampfung löst sich.

>>Jetzt geh ins Wasser und reinige Dich, wasch Deine Kleidung mit durch. Sag mal Asifa, gehst Du in den Hotels auch angezogen duschen?<<

Als Antwort fliegt ihm ein Stück nasser Kleidung an den Kopf, das er geschickt abfängt.

>>Und Du schlaf weiter, hast Dich doch amüsiert an meiner Situation, glaubst Du das

habe ich nicht bemerkt.<<
Sie steigt jetzt nackt ins Wasser, er legt sich hin und schließt die Augen.

>>Wärme mich.<<
Die Worte lassen ihn erwachen. Bemerkt ihren Körper dicht neben sich. Sie rutscht über ihn und eine Welle der Erotik erfasst beide.
>>Das war schon längst fällig, Du hast vorhin nicht tief genug gesucht. Ich geh da lieber auf Nummer sicher.<<
Sie lächelt ihn an.
>>Wenn ich ehrlich bin, muss ich sagen, ich wollte nicht, dass Du glaubst da wäre noch ein Tier. Aber nackt siehst Du wesentlich besser aus wie mit der Burka.<<
Zärtlich schmiegt sie sich an ihn.
>>Meine Verbrennungen stören Dich nicht?<<
Er tut erstaunt, sieht sie an. Sein Blick streift ihren nackten Körper.
>>Deine Verbrennungen sind wie bei mir meine Narben. Spuren des Krieges, Stimm,s? Ein bisschen mehr Titten wären gut.<< Grinst.
>>Du undankbarer Idiot, ich verschaff Dir ein Vergnügen darfst mich betatschen, Dich

Entspannen und, Du wirst frech und stellst Ansprüche.<<

Leichte Wellen erreichen das Schilf.

Motorgeräusch nähert sich.

\>>Still, halt das Schilf zusammen, nicht das die uns entdecken.<<

Eine Wasserkontrolle rauscht an ihnen vorbei.

\>>Wir müssen auf die achten, kommen bestimmt wieder vorbei.<<

Sie erreichen erst am übernächsten Tag die obere Seite der Talsperre. Gegen morgen legt ihr Kanu im Uferschilf an. Asifa ist geschafft und müde. Auf der Höhe der Moschee von Ath Thaura verstecken sie sich in Schilf und Ufergras.

*

\>>**B**leib bitte am Kanu, ich laufe zu meinem Cousin und bitte ihn um Hilfe. Wenn ich nicht in einer Stunde zurück bin, stimmt was nicht. Das Haus meines Cousins liegt genau gegenüber der Moschee in der Main-Road 4. <<

Sie nimmt Robert in den Arm, küsst ihn leidenschaftlich. Dann huscht sie durch das Schilf und ist verschwunden.

Vor dem Eingang steht Asifa und klopft an die Tür. Nichts rührt sich. Den IS-Kämpfer auf der anderen Straßenseite bemerkt sie nicht.
\>> Sanhari, Tahire, ich bins, Asifa.<<
Die Tür springt auf und ein bulliger Mann mit wilden Augen starrt sie an. Seine schwarze Kleidung zeichnet ihn als IS-Kämpfer aus. Sein Griff schleudert sie in den Wohnraum. Hier erwarten sie noch zwei Kämpfer. Der erste mittelgroß, muskulös mit Vollbart und Glatze, der andere schlank und drahtig. Beide auch in schwarzer Kampfkleidung und schwerbewaffnet. Auf dem Boden liegend schaut sich Asifa um. Entsetzt erblickt sie Sanhari in einer Blutlache. Am Hals klafft eine hässliche Wunde. Den Schrei kann sie gerade noch unterdrücken.
\>>Wer kommt denn da geflogen?<<
Einer der Männer reißt sie hoch und stellt sie vor den Kommandanten, der hämisch lacht.
\>>Wenn das nicht unsere Vermisste ist. Nein das ist ein junger Mann oder doch nicht? Omar überprüfe das mal.<<
Der Kleinere reißt sie um und setzt sie auf einen Stuhl. Zieht sein Kampfmesser und hält es ihr vors Gesicht.

\>\>So, wer bist Du, ich frage nur einmal. Bei der nächsten Frage fehlt Dir ein Auge. Also Antworte vor Allah mit der Wahrheit.\<\<

Asifas Augen weiten sich vor Angst. Das Messer kommt immer dichter an ihr rechtes Auge. Zitternd vor Entsetzen schreit sie fast.

\>\>Mein Name ist Asifa, ich bin Verhandlungsführerin in Finanzsachen für unsere Sache. Gehöre zum Medienrat. Fragt beim Gremium Ahl al-Hall wa-l-Aqd, nach. Ihr macht einen Fehler Brüder . Wo ist Tahire?\<\<

Lachend kommt der Kommandant auf sie zu.

\>\>Die liegt da wo eine Frau hin gehört, im Bett. Aber jetzt zu Dir. Du gestattest, dass wir Deine Angaben überprüfen.\<\<

Grinsend nickt er Omar zu. Der fährt mit dem Messer hinten am Kragen in ihre Kleidung und schneidet diese brutal bis zum Gesäß auf. Zerrt ihr dann den Stoff nach unten. Ihr Oberkörper mit den Brüsten und der verbrannten Haut liegt jetzt frei. Verängstig versucht sie, sich mit den Händen zu bedecken.

\>\>Also doch, eine Frau. Hätten wetten sollen bei Allah. Aber unseren Spaß bekommen wir noch, nicht wahr mein Täubchen. Omar binde sie und

befreie sie von den Lumpen. Während der Fesselung beginnt Asifa laut ein Kinderlied zu singen. Angstvoll und voller Hingabe erklingt Strophe um Strophe. Ein brutaler Schlag ins Gesicht stoppt den Gesang.
>>Halts Maul Verräterhure. Singen kannst Du später immer noch, wenn Du es dann noch kannst.<<
Grinsend schauen sich die drei Terroristen an, als es an der Tür klopft

*

Aus dem Haus erklingt ein arabisches Kinderlied, melancholisch und schmerzvoll.
»Tik, tik, tik, oh Süleymans Mutter,tik, tik, tik. Wo war dein Mann? Tik, tik, tik er hat Pfirsiche und Granatapfel gepflückt, meine Oma Frau Bduor. Tik, tik, tik, Guck mal wie der Mond gesponnen ist. Tik, tik, tik. Und die Garde braucht die Sonne.«
Der Gesang verstummt plötzlich. Ein Schrei ertönt aus dem Haus.

Robert, der im Park gegenüber steht, sieht den Wachposten gegenüber dem Reihenhaus vor

einer Palme sitzen. Seine Kalaschnikow liegt griffbereit neben ihm. Entspannt raucht Ahmed Malkin seine Zigarette, hat nur das Haus im Auge. Lautlos bewegt Robert sich auf den Mann zu. Im Schutz der Palmen schleicht er sich bis zum Palmenstamm vor. Von hinten hält er ihm die Pistole an den Kopf. Erschreckt zuckt Ahmed zusammen, seine Hand versucht an das Gewehr zu kommen.
>>Versuch es nicht, wenn Du überleben willst. Wie viele Deiner Freunde sind im Haus?<<
Ahmed schüttelt seinen Kopf.
>>Nur damit Du,s weißt, warum Du hier stirbst, ich bin „Al- Shaitan", meine Rache trifft euch alle.<<
Die Nadel schießt lautlos aus dem Rohr, dringt durch die Kopfhaut in die Schädeldecke und zerstört das Gehirn. Durch den sofortigen Tod kippt er nach hinten an die Palme. Seine geöffneten Augen blicken starr in den Himmel. Robert zeichnet mit einem trockenen Zweig einen Totenkopf neben den Toten in den Sand. Er schaut sich erneut um, niemand zu sehen. Aus der Moschee klingen nur murmelnd die Gebete. Er greift sich die Kalaschnikow und eilt zum

Haus. Die Tür ist zu. Er klopft. Schritte nähern sich. Die Tür wird aufgerissen. Erstaunt blickt ihn ein Soldat an.
>>Wer bist Du denn Alter. Was willst Du?<<
Robert hebt die Kalaschnikow an und reicht sie dem Mann entgegen. Leise flüstert er.
>> Al- Shaitan, die ist für Dich.<<
Der Feuerstoß reißt den Soldaten um. Im Fallen spring Robert hinterher in den Wohnraum, den Körper des Toten als Deckung.

*

In der Villa in Bonn klopft Britta Knapps an die Tür von Prof. Thomas Weil. Geht dann durch bis zum Schreibtisch.
>>Thomas schlechte Nachrichten, wir haben den Kontakt zu Robert verloren. Wir wissen nicht aus welchem Grund.<<
>>Hat er sich nach dem letzten Funkspruch, wo er den gesuchten Kontakt bestätigt hat, nochmals gemeldet?<<
>>Nein, wir konnten ihn in der Stadt verfolgen, dann aber riss die Verbindung ab.<<
>>Britta zeig mir bitte wo ihr ihn verloren

habt.<<
Auf einem riesigen Bildschirm erscheint ein Luftbild von Raqqa. Britta zoomt das Bild bis an den Rand vom Euphrat. Zieht dann weiter bis zu einem roten Punkt. Vergrößert den Ausschnitt und bleibt dann auf einer Lagerhalle am Flussufer stehen.
>>Dies ist unser letzter Kontakt mit ihm. Sieht aus wie eine Werft oder eine Bootshalle. Was er da wollte, wissen wir nicht.<<
Thomas beugt sich aus seinem Sessel vor.
>>Zoom bitte dichter auf das Gelände, ich will wissen, was das für eine Halle ist.<<
Das Bild vergrößert sich und läuft über das Gebäude.
>>Das ist ein Ruderclub. Er ist über den Fluss weg. Nur in welche Richtung? Gut Britta, Ihr bleibt bitte weiterhin auf Empfang, sowie ihr Kontakt habt, sofort melden.<<
Nachdem die Analystin und Überwachungs-Spezialistin gegangen ist, begibt sich Thomas ins Büro zum Direktor der Villa.
>> Alexander, wir haben den Kontakt zu Robert verloren. Er ist höchstwahrscheinlich mit einem Boot auf den Euphrat mit seinem bestätigten

Objekt. Nur in welche Richtung, wissen wir nicht. Würde vorschlagen wir lassen das analysieren. Ob flussaufwärts oder abwärts, welche die bessere Fluchtroute für ihn ist.<<
Nachdenklich schaut Alexander seinen Freund an. Läuft sorgenvollauf und ab.
>>Thomas, ich mach mir Sorgen um Robert, er war ja schon mal vermisst. Ich kann damit schlecht umgehen, wenn einer aus der Familie verletzt wird oder vermisst wird. Er hat doch den Nanokontakt oder nicht?<<
>>Nein, nein, den hat er doch abgelehnt. Meinte nicht nur wir könnten ihn dann verfolgen. Er ist mit einem andern System unterwegs, das er selbst an- und abschalten kann. Alexander, ich weiß, dass es eigentlich nur noch über die Nanoüberwachung gehen soll, aber Robert fühlt sich so besser geschützt, also hab ich zugestimmt. Mach Dir mal keine Sorgen, Robert meldet sich schon wieder. Wir bleiben dran und informieren Dich sofort wenn er sich meldet oder wir Kontakt mit ihm haben. Ich bin schon froh, dass er aus der Stadt raus ist, alles andere wird sich finden. Bin da bester Hoffnung.<<

*

Verärgert geht einer der Terroristen zur Tür. Macht die Tür auf, und stutzt.
>>Wer bist Du denn Alter. Was willst Du?<<
Der alte Mann hält ihm eine Kalaschnikow hin und flüstert ihm etwas zu was im hinteren Raum nicht verstanden wird. Urplötzlich peitschen Schüsse auf. Der Türposten fliegt in den Raum, der Alte hinter ihm her. Kugeln treffen den Kommandanten der blutend zusammenbricht.
>>Stopp, oder sie stirbt.<<
Omar hält Asifa sein Messer an die Kehle.
>>Leg die Waffe weg. Weit weg.<<
Langsam gleitet die Kalaschnikow auf den Boden.
>>Weiter weg und wer bist Du?<<
Angstvoll blickt Asifa auf Robert, der die Waffe mit dem Fuß zur Seite stößt.
>>Lass sie gehen und Du überlebst das hier.<<
Ungläubig starrt der Robert an. Hass springt aus seinen Augen.
>>Du verkennst wohl die Situation, ihr sterbt beide. Allah ist mein Zeuge. Aber vorher habe ich noch einiges mit ihr vor. <<

Zieht seine Pistole und feuert auf Robert. Von der Kugel getroffen schlägt der rückwärts hin und bleibt verrenkt liegen. Asifa schreit gequält auf. Omar bewegt sich zum Opfer hin um es zu untersuchen. Als er sich über ihn beugt, flüster Robert.
>>Mein Name ist Al- Shaitan, ich bin unsterblich.<<
Die Nadel durchschlägt seinen Kieferbereich und dringt von unten in das Gehirn ein. Mit einem überraschten Gesichtsausdruck sinkt Omar zusammen. Mühsam erhebt sich Robert, reibt sich die Einschussstelle.
>>Du lebst? Bist Du verletzt?<<
Asifa blickt erstaunt auf Robert.
Unsicher auf den Beinen geht er zu ihr, schneidet mit Omars Messer ihre Fesseln entzwei.
>> Geh und kleide Dich mit anderen Sachen, aber wieder so, dass Du einiges am Körper tragen kannst. Wir müssen schnell hier weg. Ich räume noch auf.<<
Halbnackt, unschlüssig, blickt sie immer noch Robert an. Fängt mit einem Mal heftig an zu weinen. Tränen laufen ihr über die Wangen, steht wie erstarrt. Er nimmt sie in den Arm, schiebt sie

in Richtung Schlafgemach.
\>\>Komm wir haben keine Zeit. Ich räum hier auf. Wir müssen los.\<\<
Wendet sich dann den toten Terroristen zu. Als er beim Waffen einsammeln ist, ertönt aus dem Schlafzimmer ein markerschütternder Schrei. Asifa kommt aus dem Zimmer gestürzt, eine Hand vorm Mund, die andere weist in den Raum. Unfähig zu sprechen. Er geht an ihr vorbei, tritt in den Raum. Auf dem Bett liegt breitbeinig Tahire in ihrem Blut. Die Kleidung zerrissen, ihr Unterleib geschändet, ihr Hals weit aufgeschlitzt. Eine Brust fehlt.
\>\>Was für Bastarde, mein Gott.\<\<
Er deckt Tahire mit einem sauberen Laken ab.
\>\>Komm, hilf mir, wir legen Deinen Cousin zu ihr aufs Bett, mehr können wir hier nicht tun.\<\<
Wie im Trance bewegt sich Asifa. Als die Tätigkeit beendet ist, fast Robert sie an den Schultern.
\>\>Hör mir bitte jetzt genau zu. Hat Dein Cousin ein Auto?\<\<
Sie nickt.
\>\>Weißt Du wo das steht, kannst Du das fahren? Pack noch schnell Lebensmittel und Decken ein.

Fahr hinter den Park und warte dann auf mich. Ich regel das hier im Haus. Bewege Dich draußen normal, nicht hektisch, keine Angst, ich beobachte Dich bis Du weg bist. Jetzt los.<<
Nach einigen Minuten springt hinterm Haus ein Fahrzeug an und fährt los. Robert legt die drei Leichen zu einem Dreieck zusammen und schreibt mit ihrem Blut „ Al- Shaitan,, in die Mitte.

Sammelt die Waffen in einen Jutesack, öffnet vorsichtig die Tür. Spät nach draußen, zur Moschee, kein Mensch. Die Straße entlang, alles frei. Nur Ahmet Malkin, an der Palme starrt ihn mit leeren Augen an. Robert schließt die Tür und verschwindet zwischen den Palmen im Park. Auf dem Uferweg sieht er am Rauch des Auspuffs wo Asifa steht. Reißt die hintere Tür auf und wirft den Sack auf die Rückbank.
>>Ich fahre, Du sagt mir wie ich fahren muss, erst mal wo wir nicht gesehen werden und in Sicherheit sind. Ich nehme mit meinen Leuten Kontakt auf, dann sehen wir, wie wir hier weg kommen.<<
Bemerkt wie Asifa auf dem Beifahrersitz zittert.

*

Freudig stürmt Britta bei Thomas ins Büro.
\>>Wir haben Kontakt, er lebt. Komm mit nach unten, er braucht uns.<<
Unten in der Kommunikation zentrale stehen Alexander, Thomas, Britta sowie einige Spezialisten vor einer Videowand. Das Bild zeigt eine Luftaufnahme um Al Raqqa. Weiter westlich ist am Rand vom Euphrat ein rotes Fähnchen zu sehen. Britta zoomt bis das Bild auf einem Fahrzeug stehen bleibt.
\>> SAND RUFT WIND. KOMMEN.<<
Einige Sekunden vergehen. Dann ein Geräusch.
\>>Kkkkrr. WIND AUF SENDUNG.<<
\>>WIND ZEIG DICH ZUR EINSTELLUNG.<<
Quälende Minuten vergehen. Dann sieht man auf dem Satellitenbild, wie ein Mann aus dem Wagen steigt und in den Himmel schaut. Das Bild wird grösser und zoomt, bis nur der Kopf des Mannes zu sehen ist.
\>>Mein Gott er ist es. Es ist Robert.<<
Die Techniker brechen in einen lautstraken Jubel aus.
\>>AN WIND. OBJEKT.<<

Nach einigen Minuten steigt aus der Beifahrertür eine Gestalt aus. Entfernt ihre Kopfbedeckung und blickt zum Himmel. Dann steigt sie wieder ins Auto. Die Gesichtserkennung läuft rasend schnell auf dem Monitor. Hält dann auf einem Gesicht an und der Name erscheint: „**Asifa Basri**„.
>>SAND, WASSER ODER SAND? MELDE MICH WIEDER. BILD.<<
Im Satellitenbild hebt Robert zwei Finger hoch und steigt dann ins Fahrzeug.
>>Ihr behaltet ihn im Auge. Ich will, dass immer eine Kamera auf ihm bleibt. Höchste Priorität. Danke Leute.<<
Alexander verlässt den Raum.
>>Da ist aber unserm Alten ein Stein vom Herzen gefallen, das hat man deutlich gehört.<<
>>Ja, ja Britta, der macht sich schon Gedanken um uns, auch um Dich meine Liebe, wenn Du zu spät zur Arbeit kommst.<<
Die Anwesenden grinsen. Das Satellitenbild zeigt, wie sich das Fahrzeug in Bewegung setzt.

*

In einem Unterstand in Mossul läutet das Feldtelefon. Ein IS-Kämpfer nimmt ab und reicht den Hörer weiter an Abu Omar al Turkmani. Der hört sich den Bericht an. Je länger das Gespräch dauert, umso verärgerter wird sein Gesicht.

>>Verflucht, ich hab es immer gewusst, mit der haben wir Ärger. Seid Ihr sicher, dass Ihr im richtigen Haus seid. Hab ich Euch richtig verstanden. Nochmal. Vier Brüder tot. Hussain Farhan Hamadi war doch ein guter Kommandant, ein erfahrener Führer, den überrascht man nicht so leicht. Omar, Ahmet, Kamil. Gute Brüder bei Allah. Wer soll das gewesen sein? „Al- Shaitan„. Habt Ihr Alkohol getrunken, bei Allah, dann Gnade Euch das Schicksal. Schickt mir ein Foto, das muss ich sehen. Sucht die Gegend ab nach Ausländern oder habt Ihr eine Idee wer Al- Shaitan ist. Habt Ihr ein Foto von der Verräterin Basri? Nein, warum nicht, fordert eins aus Raqqa an. Ich erwarte Euren Bericht. Sofort.<<
Er knallt den Hörer auf die Fassung. Murmelt vor sich hin:
>>*Al- Shaitan, Al- Shaitan. Das gibt es doch gar*

nicht, bei Allah. Verflucht, wieder vier gute Brüder verloren.<<
Wendet sich an einen seiner Leibwächter.
>>Mohammet, ihr habt doch den Büroleiter in Raqqa, den Mohamet al Maidi, verhört. Der genau wie die Asifa Basri zur Verrätergruppe gehört. Was hat der genau gestanden? War da auch von Al- Shaitan die Rede? Was macht unser Ramniyat eigentlich, ich denke, da sollten auch Köpfe rollen<<
Erschreckt blickt der seinen Kommandanten an.
>>Al- Shaitan? Der Teufel? Nein, was ist damit? Der hat nur die Familie am Staudamm gekannt, mehr wusste der nicht. Die anderen Angaben betrafen nicht die Verräterin Basri. Die reden unter Folter ja viel. Wieso Al- Shaitan?<<
>>Der oder die haben unsere Brüder in Ath Thaura umgebracht. Fragt die Brüder, ob sie von dem gehört haben, dann sofort Meldung.<<
In diesem Augenblick kommen Fotos auf das Tablet. Ein Foto von Ahmet Malkin mit dem Totenkopf im Sand. Die drei toten Terroristen im Dreieck gelegt, mit der Blutschrift „ Al-Shaitan„.
Darunter steht: „*Bei Ahmet und Omar keine erkennbaren Spuren von tödlicher Gewalt zu*

finden. Hussain und Kamil, durch eigene Schusswaffe getötet,,. Ein weiteres Bild zeigt eine Kalaschnikow, die an der Klinke der Innentür hängt. Ratlos schaut Abu Omar al Turkmani von einem Bild zum anderen.
>>Bei Allah, was läuft hier.<<

*

Bei der Fahrt aus dem Ortsgebiet hält sich Robert im Bereich des Stausee,s. Asifa gibt ihm Anweisungen für den Weg. Sie erholt sich langsam.
>>Robert, kennst Du das, wenn die Zeit still steht, ganz langsam läuft oder verzögert wahrgenommen wird? Wie kommt sowas?<< Schaut ihn fragend an.
>>Ich verstehe Dich jetzt nicht, gib mir ein Beispiel.<<
Nach den rechten Worten suchend führt Asifa dann aus.
>>Als Kind sah ich die Rakete, die meine Familie tötete, in Zeitlupe auf mich zukommen. Damals als die Amerikaner unser Haus gesprengt haben. Vorhin das gleiche Erlebnis, als der

Terrorist auf Dich geschossen hat, da fielst Du wie im Zeitraffer. Weißt Du was ich meine?<<
>>Ja, ja diese Erlebnisse hatte ich auch. Als der IS-Mann auf mich schoss, sah ich die Kugel auch auf mich zukommen, konnte aber nicht reagieren. Wir haben einen Spezialisten für solche Fragen. Unser Parapsychologe Dr. Bernhard Brandner kann uns sicher eine Antwort darauf geben. Ich glaube das ist stressbedingt. Das Gehirn lässt uns es so sehen. Aus welchem Grund, das lassen wir uns dann erklären. Vergiss das jetzt, wir müssen weiter. Kennst Du Dich hier aus, wir brauchen Zeit bis zum Abend und sollten bis dahin nicht auffallen. Am besten wir verstecken uns. <<
Ängstlich sitzt Asifa im Auto.
>>Ja, an einer Böschung am See, da fahren wir durch das Schilf und sind geschützt. Was machen wir mit dem Kanu?<<
>>Nichts, das habe ich ins Schilf gezogen, das findet man nicht so schnell. Konzentrieren wir uns auf,s jetzt.<<
Nach ca. 15 Minuten biegen sie ab zum See. Der Weg ist nicht befestigt und sandig Nach zwei Meter durch mannshohes Ufergras und Schilf

springt Robert aus dem Wagen und richtet Schilf und Halme wieder auf. Sie sitzen im Wagen und schweigen. Robert steigt aus um das Fahrzeug zu sichern. Entnimmt dann Lebensmittel aus dem Kofferraum und steigt wieder ein.
>>Wir müssen trinken und was essen, es ist wichtig. Wer weiß wann wir wieder dazu kommen.<<
Reicht Asifa die Wasserflasche. Sie schaut Robert intensiv an.

>>Kannst Du mir ein Frage beantworten, wie kommst Du mit Deinem Gewissen zu recht, wenn Du töten musst. Ich meine, es ist doch nicht immer Notwehr. So wie jetzt, als Deine Suche nach mir von Dir das Töten verlangt?<<
>>Darüber mach Dir keine Gedanken, konzentrier Dich immer auf,s jetzt. Wir brauchen all Deine Kraft um hier rauszukommen. Zu Deiner Frage, ich handele immer in Notwehr, auch wenn es für Dich nicht so aussieht. Wir können es uns nicht leisten Gegner zu verschonen oder Zeugen zu hinterlassen. Das sind nun mal die Wege des Krieges. Dem Du ja auch nachweislich gedient hast.<<

>>Ja, auch ich war dem Irrtum verfallen. Der IS ist der erklärte Feind des Westens, wenn nicht der restlichen nicht islamischen Welt. Dass aber bei uns auch Menschen leben, die der Sache nicht aus Überzeugung dienen, einige nur unter Druck dem System helfen müssen, das interessiert niemanden im Westen. Für Euch sind alle die im Bereich des IS leben, Terroristen. Worauf ich aus bin ist das, dass Mohamet al Maidi, unser Büroleiter in Al Raqqa, auch zum Widerstand gehörte. Widerstand gegen den Islamischen Staat was tödlich ist. Er hat meinen Hilferuf aufgenommen und gesendet. Seine Warnung an mich hat ihn wohl das Leben gekostet. An dem Tag, als ich noch Beweise einsammeln wollte, warnte er mich am Fenster, Du weißt das doch. Er hielt seine Finger gekreuzt, das war unser Zeichen für Gefahr. Was ich sagen will, kann es auch Unschuldige treffen die wir beseitigen müssen?<<
Er erwidert nur:
>>Kollateralschäden, kommen im Krieg leider immer vor, und wir sind hier im Krieg, Asifa. Ich muss mich bei meinen Leuten melden.<<

>>Dann war der Mann im Bootshaus auch ein Kollateralschaden?<<

*

,,WIND RUFT SAND, KOMMEN,,
,,SAND HÖRT,,
,, WIE SOLLEN WIR VERFAHREN?,, ,,ENDE,,
,,KEIN WASSER, TOP, KEIN WASSER,,

,,VERSUCHT ES ZUM LIBANON, ÜBER DIE M20 NACH PALMYRA, IST AUCH IS-GEBIET, ABER NICHT SO SCHARF KONTROLIERT, MEIDET HOMS, DIE GRENZE ZUR TÜRKEI IST PROBLEMATISCH ALLE PARTEIEN KONTROLIEREN GERADE DIESE ZONEN, ZUDEM VERSCHIEBEN SICH DIE FRONTEN DORT TÄGLICH. HABEN EUCH IMMER IM BILD. ENDE,,

Robert blickt auf sein Tablet und sucht die Straße M20. Legt die Route fest und spricht mit Asifa.
>>Wir müssen in Richtung Westen auf die M20, kennst Du die?<<
>>Nein, nicht mehr über den Euphrat?<<
>> Die Route hat sich geändert. Gut, wenn es dunkel ist fahren wir los. Versuch Dich zu

entspannen und zu schlafen.<<
Streicht ihr beruhigend über die Wange. Auch er verfällt in einen Wachschlaf.

***

Flucht

Nachts auf der M20 vor dem Ort Ash Solah fahren sie auf eine LKW-Kolonne auf. Bleiben aber mit einem Abstand dahinter. Orientieren sich an den Rückleuchten des letzten Wagens. Die Fahrt geht so über Stunden. Plötzlich biegt die Kolonne auf einen Platz ab.
>>Die parken hier, ich versuch Benzin zu besorgen. Bitte bleib im Wagen und sichere den. Behalte die Pistole bereit, schieß aber auch, bei Gefahr. Ich bin gleich zurück.<<
Er geht zu den parkenden Lastkraftwagen. Nach einer viertel Stunde kommt er mit einem 20 Liter Kanister zurück. Nachdem er getankt hat steigt er ein und fährt los.
>>Wie bist Du zu dem Benzin gekommen?<<
Robert lacht.
>>100 Dollar und ein wenig Druck, reicht Dir die Aussage? Die Fahrer übernachten hier, der nächste Ort ist Kobajep, sie fühlen sich hier untereinander sicherer. Bei As Sukhnah ist ein Straßenkreuz, da kontrolliert der IS. Oft nur mit

einem Jeep. Nur bestechen kannst du da keinen.
Es ist ja noch Zeit, ich überlege mir was. Kannst
Du jetzt fahren, ich brauche eine Pause.<<
Vor dem Ort As Sukhnah passieren sie eine
Ortseinfahrt ohne Kontrolle, bei der zweiten
Einfahrt winkt ein Dschihadist sie in eine
Auffahrt. Schwarz gekleidet mit einer
Kalaschnikow im Anschlag. Seitlich führt die
Straße weiter nach As Sukhnah hin. Die Auffahrt
ist eine Privatstraße zu einer Plantage. Am
Lagerhaus steht ein Jeep mit schwarzer IS-
Flagge.
>>Sie halten dort.<<
Er weist zum Lagerhaus. Langsam fährt Asifa
den Wagen dort hin.
>>Was jetzt?<<
>>Bleib ganz ruhig, ich regel das hier. Wie viel
Personen siehst Du?<<
>>Zwei.<<
>>Gut mehr sehe ich auch nicht. Wenn noch
einer aus dem Gebäude kommt kannst Du den
ablenken?<<
Sie nickt ängstlich. Der Wagen hält 3m seitlich
vor dem Jeep. Ein Mann steigt aus, bleibt aber
mit seiner Kalaschnikow am Jeep stehen. Der

Terrorist von der Straßeneinfahrt hat jetzt das Beifahrerfenster erreicht.
>>Papiere, Sondergenehmigung und alles aussteigen.<<
>>Asifa, Du verlässt unter keinen Umständen den Wagen, lass den Motor laufen.<<
Flüstert Robert.
Umständlich versucht er aus dem Wagen zu steigen.
>>Soll ich dir Beine machen Alter?<<
Er beugt sich vor, um ihn aus dem Auto zu ziehen. Das Kampfmesser dringt in seinen Hals ein und macht ihn kampfunfähig. Stehend, mit dem Messer im Hals, schiebt Robert den Mann vor sich her. Der sackt nach einigen Metern seitlich zu Boden. Blitzschnell zieht Robert seine Waffe. Die erste Kugel aus Roberts Pistole verfehlt dem Mann am Jeep. Die Kugel zischt dicht an seinem Kopf vorbei und schlägt in die Lagerwand ein. Der schießt zurück, Kugeln fliegen an Robert vorbei und treffen das Auto. Blech schreit auf. Die zweite Kugel aus der Pistole lässt ihn am Jeep zusammensinken. Robert springt über den Toten hinweg und schaut auf den zweiten am Jeep. Kopfschuss. Mit dem

Messer zersticht er Reifen und Kabel. Platziert die beiden Toten hinter dem Jeep so, dass sie von der Straße aus nicht gesehen werden. Rennt auf den Renault zu.
>>Bist Du in Ordnung, was ist mit dem Wagen? Schäden? Gib Gas, wir müssen hier weg. Nicht dass uns noch die Ablöse erwischt.<<
Asifa rast mit kreischenden Rädern die Auffahrt runter und biegt in die M20 ein. Asifa flüstert kaum hörbar:
>>Kollateralschäden, es sind nur wieder Kollateralschäden.<<
Robert steckt das Messer wieder zurück in die Armscheide. Die Pistole neben sich in die Tür.
>>Gut gemacht, Du hast die Nerven behalten, gut zu wissen, dass ich auf Dich zählen kann.<<
Sie nickt nur schweigsam. Nach einiger Zeit wird das Kühlwasser heiß. Robert hält an, kontrolliert den Motorraum. Kühler und Motorblock sind durch die Kugeln beschädigt. Sie stehen in der dunklen Nacht. Am Horizont schon ein Silberstreifen der den Morgen ankündigt.
>>Wir kommen nicht mehr weit, vielleicht noch einige Kilometer dann ist Schluss. Der Wagen muss von der Straße, achte Du bitte auf Deiner

Seite wenn ein Feldweg kommt, ich achte auf links.<<

Asifa versinkt im Beifahrersitz.

\>>Das ist Allahs Wille, sein Wille, dass wir hier scheitern<<

Überrascht über die Worte schaut er sie an.

\>>Nichts ist Allahs Wille, wo steht das Geschrieben. Scheitern, was ist das, Asifa? Scheitern gibt es nicht, höchstens ein Problem was zu bewältigen ist oder eine Verzögerung, aber nicht mehr. So jetzt achte auf den Straßenrand.<<

Nach einem Kilometer zeigt sich eine einfache Einfahrt zu einem alten Stall. Sie fahren den Wagen hinter den Stall, so dass er von der Straße nicht wahr genommen werden kann. Robert richtet das Auto so zu, dass es Schrott ist. Schaufelt dann noch Sand über die Karosserie.

\>>Nimm alles Lebenswichtige mit, vor allem das Wasser. Ich trage was wichtig ist. Wir gehen auf den Hügel und erkunden das Gelände. In einer halben Stunde ist es hell. Wir sollten uns einen Platz suchen nicht hier in der Nähe, ein Versteck wo wir sicher sind und die Umgebung im Blick haben. Nach der Sache in As Sukhnah suchen die

uns. Wenn die einen Zusammenhang zwischen Deiner Flucht und den Toten, die wir hinterlassen haben herstellen, dann haben wir den halben IS am Hacken.<<
>>Am Hacken was ist das?<<
>>Was ich sagen will, dann sucht uns die halbe IS-Miliz.<<
Sie laufen mit ihrem Gepäck in Sichtweite der Straße. Die Temperaturen steigen an. Die Sonne brennt erbarmungslos. Um die Mittagszeit, als die Sonne am höchsten steht, braucht Asifa eine Pause.
>>Ich kann nicht mehr, wie lange müssen wir noch. Können wir nicht einen der LKW,s fragen ob die uns mitnehmen?<<
>>Nein, zu riskant. Gut, machen wir eine Pause, trink, versuch was zu essen und schlaf dann. Ich wache.<<
Als die Schatten länger werden brechen sie wieder auf.
>>Nur noch 10 km, dann haben wir einigen Hügel auf unserer Seite. Da richten wir uns ein. Zum Dorf Arak sind es Luftlinie um die 10 km, das sehen wir von dort oben. Jetzt komm, geh vorsichtig, nicht das Du dich verletzt. Dann

müsste ich Dich tragen, und dafür dann Gepäck da lassen. Also pass auf. Wenn es dunkel ist gehen wir die Straße lang. Das schaffen wir heute.<<

*

In 8 km Entfernung vor dem Siedlung Arak erhebt sich ein Gebirge, davor drei Hügel 400m von der Straße entfernt, das Gelände vor dem mittleren Hügel ist flach bis zur M 20. Auf dem Hügel bei 300m höhe richten sie sich ein Versteck ein. Erschöpft schläft Asifa sofort ein. Erst gegen Morgen erwacht sie. Robert liegt am Bergkamm und schaut mit dem Fernglas die Straße lang.
>>Siehst Du was?<<
Flüstert sie.
Er schaut weiter durchs Glas.
>>Da unten fahren sie gerade vorbei. Richtig suchen sieht bei mir anderes aus. Die konzentrieren sich wahrscheinlich auf Straßensperren. Glaube, wir sind hier erst mal sicher.<<
>>Weiter, wie geht es mit uns weiter, wir können

hier nicht ewig sitzen, ich habe Angst. Die finden uns hier.<<
Robert blickt auf sein Tablett und spricht dann mit Bonn.
„WIND AN SAND, KOMMEN,
HÖREN WIND.
SEHT IHR UNS? PANNE, BRAUCHEN HILFE.ENDE,,
OK, 3600A TOP, POST, ENDE,,
Er wendet sich an Asifa.
>>In 3 Tagen bekommen wir Hilfe, so lange müssen wir uns hier versteckt halten. Ich sammele Sträucher und Äste, um unser Versteckt auch von oben zu tarnen. Beobachte solange die Straßen, nicht dass mich etwas überrascht. Was ganz wichtig ist, immer mit der Sonne schauen, sonst könnte Dich die Spieglung der Gläser verraten. Teile noch unseren Proviant für die nächsten Tage ein. Vor allem das Wasser.<<

Nach Stunden und viel Mühen hat Robert das Versteck so präpariert, dass sie unter dem Gehölz Schatten und Sichtschutz haben. Erschöpft fällt er in eine Ruheposition.
>>Hier trink erst mal, Du bist ja total fertig vom

Schleppen. Hätte das nicht Zeit gehabt?<<
Nach einigen Schlucken Wasser antwortet er.
>>Zeit? Nein, wenn die uns aus der Luft ausmachen, geht die Jagd auf uns los. Die Amerikaner suchen uns mit Sicherheit auch. Bei denen stehst Du als Staatsfeind ganz oben auf der Liste. Wie hast Du Deinen Spruch durchbringen können und mit welcher Begründung?<<
Asifa steht auf und bewegt sich vom Lager.
>>Ich muss mal für Frauen, danach erzähle ich.<<
Robert schaut mit dem Fernglas zur Straße und sucht die Gegend ab. Asifa berührt seine Schulter und sagt:
>>So jetzt hör zu. Bei uns in Al Raqqa kannte ich sehr wenige, die zum Widerstand innerhalb des IS gehörten. Zum Beispiel unser Büroleiter Mohammad al Maidi. Der hatte weitere Verbindungen, die wir aber aus Sicherheitsgründen nicht kannten. Wie ihr ja wisst ist die Amak - die halb-offizielle Nachrichtenagentur des IS. So übernimmt Amak die Funktion, so etwas wie die zumindest offizielle Nachrichtenagentur des "Islamischen Kalifats" zu sein, das der IS ausgerufen hat. Die

"Al-Furkan Media" ist dafür zuständig, Audiobotschaften von Abu Bakr al-Bagdadi und anderen Anführern der Terrormiliz zu verbreiten. Das "Al-Hayat Media Center" produziert unter anderem Filme, die den Kampf der IS-Anhänger gegen die "Ungläubigen" verherrlichen. Mit "Al-Bayan" betreiben sie eine eigene Radiostation. Das englischsprachige Internet-Magazin "Dabiq" wiederum wendet sich an Leser außerhalb der arabischen Welt. Wie aber meine Hilferufe gesendet wurden und von wo, das wusste ich nicht. Hoffte nur, dass Du die mitbekommst.<<
Unter dem Versteck ist es heiß. Robert entledigt sich seiner Kleidung bis auf die Unterhose.
>>Bei Allah, Deine Haut.<<
Er blickt an sich runter. Seine Brust ist rot und blau verfärbt durch den Anprall der Kugel. Lässig sagt er:
>>Spuren des Krieges, mehr nicht, kennst Du doch.<<
Sie geht zärtlich mit ihren Fingerspitzen über seine Brust. Spannungen lösen sich, beiden versinken in einen Taumel der Gefühle.

*

Abu Omar al Turkmani starrt auf die Landkarte. Die letzten Frontberichte aus Ramadi und Baidschi lassen ihm Falten auf der Stirn wachsen. Die großen Anfangserfolge bleiben aus, der Feind reagiert nicht mehr mit Furcht und Entsetzen auf die brutalen Einsätze seiner Kämpfer. Besonders die kurdischen Peschmerga-Kämpfer erweisen sich als hartnäckige Feinde. Außerdem bekommt er den Namen ,, *Al-Shaitan*,, nicht aus dem Kopf. Er spricht seinen Adjutanten an.

>>Mohammet, habt Ihr neue Berichte über die Verräterin Asifa Brasi oder vom Al Shaitan? Die Suche ist doch an alle Einheiten gegangen? Was sagen die vom Ramniyat?<<

Der blättert zwischen Papieren rum.

>>Nein, aber in As Sukhnah hat es einen Zwischenfall gegeben. Zwei unserer Brüder sind zu Tode gekommen, die eine Straßensperre bewachten. Sie wurden von der Ablöse gefunden. Die haben auch Fotos gesendet. Ich suche die raus.<<

Nach Minuten liegen die Fotos vor.

>>Das waren Killer. Wieso konnten die so nahe

an unsere Brüder ran?<<
Abu Omar schaut sich die Fotos, wieder und wieder an.
>>Mohammet, habt Ihr einen Hinweis auf Al Shaitan gefunden? Wer platziert denn so die Toten? Kämpfer, Bauern oder Verräter doch nicht. Das sieht für mich aus wie die toten Brüder in Ath Thaura. Schau auf dieses Foto hier, angelehnt an die Wand, in Ath Thaura an die Palme. In Al Raqqa waren die doch auch an die Wand gelehnt. Bei Allah das sind für mich die gleichen Killer, auch ohne Al Shaitan und ich will verdammt sein, da ist die Verräterin Basri mit im Bunde. Das ist wieder Al Shaitan. Hier auf diesem Foto die beiden Leichen ihrer Familie, die liegen Aufgebahrt nebeneinander, wie in Liebe. Das war die Basri, wer sonst? <<
>>Kommandant, die Spur verläuft auf der M20 lang nach Holms. Da können wir nur Straßensperren aufstellen, das gesamte Gebiet ist zu groß um es zu kontrollieren. Wenn die weiter nach Westen wollen bleibt nur die Straße.<<
Nachdenklich studiert Abu Omar al Turkmani die Karte.
>>Nehmen wir den Punkt Ath Thaura, von

hieraus gehen Straßen nach Al Raqqa, das ist die Straße 4, die auch nach Aleppo führt. Dann bleibt der Assadsee mit Euphrat als Fluchtweg und die Straße 42 nach Salamiyya. Vorfälle, wo unsere Brüder zu Schaden kamen, nur auf der Straße M 20, oder welche Berichte habt Ihr?<<

Mohammet weist mit seinem Finger auf der Karte lang.
>>Wenn sie diesen Fluchtweg genommen haben kommen sie auf die M 20. Von Resafa nach Ash Sholah oder auch über Kobajjp auf die M20. Die wollen nach Homs oder Damaskus?<<
>>Gibt es bei dem Hund Baschar al-Assad eine Sondereinheit Al Shaitan?<<
Schlägt wütend auf die Karte.
>>Die Al-Quds-Brigaden könnten das sein, auch der Militärgeheimdienst GRU mit seiner 22. Speznas -Brigade treibt sich da rum. Die Saudis und Amis sind auch hinter der Basri her. Die weiß doch über die Waffenkäufe und unsere Konten Bescheid. Bei Allah welch ein Fluch mit der. Haben sich die Brüder vom Geheimdienst gemeldet.<<
Die Anwesenden schütteln die Köpfe.

Nachdenklich schreitet er im Kommandozelt auf und ab.
>>Gut wir machen das so, 100.000 Dollar auf ihren Kopf und verstärkte Straßensperren auf der M20 bei Palmyra und hinter Palmyra auf der 90 die nach Damaskus geht sowie auf der 32 nach Holms. Habt Ihr das? Bringt mir die Köpfe der Killer von Al Shaitan und der Asifa Basri. 100.000 Dollar winken.<<

*

Erschöpft liegen beide nebeneinander und blicken durch das Gestrüpp ins Licht.
>>Kannst Du Dir vorstellen aus Deinen Kriegsspielen auszusteigen?<<
Erstaunt hebt Robert seinen Kopf.
>>Ich glaube kaum, wer soll dann die bösen Jungens aufhalten?<<
Traurig schüttelt sie ihren Kopf.
>>Robert, dass ich Dich gerufen habe, gilt nicht nur, dass ich aus Al Raqqa fort will, nein es gilt auch Dir. In jedem Traum sah ich Dein Gesicht. Spürte noch Deine Anziehung aus Genf und sah das Raubtier in Dir. Eine unerklärliche

Faszination ergriff mich. In Al Raqqa, als Du mich aus dem Haus holtest, das begriff ich es erst später, das Du es warst. Nur die Träume die blieben mit Deinem Gesicht. Ich weiß nicht was das ist, Sehnsucht, Liebe oder nur der Wunsch nach Geborgenheit? Jetzt sah ich das Raubtier in Dir und ich habe jetzt das Gefühl der Angst und der Liebe. Versteh mich bitte nicht falsch. Angst nur wozu Du fähig bist.<<

Er richtet sich auf und blickt sie direkt an.

>>Asifa, wenn wir hier raus sind, trennen sich unsere Wege. Du bekommst eine neue Identität und ich bleib das Raubtier, was Dir Angst macht. Wiedersehen nur durch einen Zufall und an Zufälle glaube ich nicht. Also lass uns die wenigen Augenblicke die uns noch bleiben genießen. Du bist eine schöne Frau mit Mut, ich bin froh ein kleines Stück des Weges im Leben mit Dir gegangen zu sein. Hoffe, dass in meinen Träumen, Dein Gesicht erscheint.<<

Beugt sich über sie und küsst sie.

>>Was passiert mit mir, wenn wir in Deutschland sind?<<

Sie blickt in fragend an.

>>Dann zahlst Du den Preis Deiner Rettung?<<

>>Und der wäre?<<
>>Informationen, jede Art von Informationen, aber das bestimme nicht ich. Ich bin, wie Du so schön sagtest, nur das Raubtier.<<

Stunden vergehen mit Wachen, Erkunden und Liebe.

*

In der Pilotenkanzel starren drei Personen gespannt in die Tiefe. Es ist dunkelste Nacht.
>>Ist das dort unten die M 20 ?<<
Eine schnurgerade Linie zeichnet sich auf dem grünen Bildschirm ab.
>>Ich denke ja, laut den Koordinaten fliegen wir richtig. Achtet auf ein rotes Licht, kannst Du noch tiefer gehen?<<
Der Pilot schüttelt den Kopf.
>>Nein zu gefährlich, ich wirbele nur den Sand auf und wir übersehen dann zu schnell den Kontaktpunkt.<<
Sie überfliegen das Dorf Arak und die breit angelegten Plantagen.
>>Da unten ist das Licht.<<
Ein dünnes Aufflackern einer Lampe, etwas

abseits der Straße..
\>\>Ja, ich sehe es auch, wende und dann nichts wie raus. Ihr geht nach hinten und richtet alles, ich will hier weg.<<
Die Luftklappe öffnet sich und Sekunden später schwebt eine Palette sanft zur Erde. Bevor sich die Luftschleuse wieder schließt, springt noch ein Agent hinterher. Die Transall C-160 fliegt eine Schleife und nimmt wieder Kurs auf die Air Base Incirlik in der Türkei.

*

Ein dumpfes lauter werdendes Motorgeräusch lässt Robert nach oben blicken.
\>\>Da kommt unsere Hilfe. Ich muss runter auf die Ebene. Bleib bitte hier oben und beobachte die Straße.<<
Übergibt ihr das Fernglas und verschwindet in der Nacht.
Seine Stablampe sendet rote Lichtzeichen in den Himmel. Nach dem das Flugzeug außer Hörweite ist sucht er den Horizont ab. Ein kleines Aufblinken, was sich dem Boden nähert, veranlasst ihn sich zu dem Landepunkt zu

begeben. Ratlos steht er vor der Palette an dem noch der Fallschirm hängt.
„Das muss hier weg, am besten hinter einen Felsen.,,
Zerrt an den Fallschirmseilen um die Palette zu bewegen. Durch das Knirschen der Palette auf dem steinigen Boden bemerkt er nicht, dass sich von hinten jemand nähert.

Oben auf dem Hügel hat Asifa den Agenten entdeckt. Will gerade einen Warnschuss abfeuern, als sie bemerkt, dass der einen Fallschirm zusammenrafft.

Mit mehr zerren als ziehen, schafft es Robert, die Last zu bewegen. Mit einem Mal schlittert die Palette leichter. Erstaunt dreht sich Robert um.
\>>Allein hättest Du das nie geschafft, mein Freund. Ich frage mich sowieso, wie Du das bis hier geschafft hast ohne meine Hilfe. Komm lass Dich umarmen Blutsbruder.<<
\>>Bei Gott, das konnte ja nur von Dir kommen, Doc. Eine Palette auf den Kopf zu schmeißen, und das ohne Vorwarnung, sowas kann nur von Dir kommen. Aber was hast Du uns denn mitgebracht? Hoffentlich auch Proviant. Waffen

haben wir nämlich genug. Nur unser Durst ist groß, bei der Scheißhitze hier.<<

*

Volker Nuri: 27 Jahre, blondes halblanges Haar. 172 cm groß, sehr schlank. Trägt eine runde Brille. Sieht aus wie ein junger Student, obwohl er einen Kampfanzug trägt.. Genannt „Doc", da er ein abgebrochenes Medizinstudium hat. Er besitzt den höchsten Intelligenzquotienten der Außenagenten und fühlt sich auch wie ein Mediziner.. Schnell und hart im Einsatz. Unauffällig, zurückhaltend, sehr gefährlich.
In der Villa findet man ihn fast ausschließlich in einer Spezialwerkstatt, wo auch die Forschungslabore liegen. Dort experimentiert er mit neuen Werkstoffen und Waffen.

*

>>**H**a, ha, mein Lieber, woran denkt ein alter Krieger im Einsatz. Nicht dass er genug Munition hat, nein er denkt ans Fressen. Ich hab genug für uns eingepackt, auch noch ein Leichtflugzeug was uns hier weg bringt. So, wo

verstecken wir unseren Schatz? Für heute Nacht schaffen wir das nicht mit Aufbau und Abreise.<<
>>Wir schieben ihn weiter dort hinter den Felsen, da ist er relativ sicher.<<
Decken dann die Palette mit einem Tarnnetz ab, Sand und Gestrüpp schaufeln wir dann noch rüber, dass schützt vor Entdeckung.

Mit Proviant beladen, treffen die beiden nach einem mühsamen Aufstieg bei Asifa ein. Beim Essen spricht Volker Robert an.
>>Du legst Dich jetzt gleich schlafen. Wie viele Stunden Du nicht geruht hast, sieht man Dir sogar nachts an. Ich übernehme die Wache. Morgenfrüh machen wir uns dann an den Aufbau. In der Dunkelheit geht es dann los. Werden wohl zum Starten die Straße brauchen. Das Geröll da unten ist mir nicht geheuer. Reifenschaden, bis zum Achsenbruch ist alles drin, wenn wir drei losrollen. Ab wann ist die M20 frei?<<
>>Was wir beobachtet haben, ist so ab 24 Uhr kein LKW-Verkehr mehr. Die Milizen, das ist ein Fragezeichen. Wie lange brauchen wir vom

Start bis wir abgehoben haben? <<
>>Bei unserem Gewicht, so um die zwanzig bis fünfzig Meter, auf der Straße. Wie weit ist denn hier die Völkerverständigung? Schon beim Liebling gelandet?<<
Robert winkt grinsend ab und zieht sich zum Schlafen zurück.

Nach einem ausgiebigen Frühstück besprechen die drei den Tagesablauf.
>>Schlage vor, Asifa kommt mit runter und kontrolliert die Gegend sowie die Straße. Wir beide Doc, sehen uns den Gleiter an, oder was schlägst Du vor?<<
>>Ok, machen wir uns ans Werk. Nur den Flügel stecken wir kurz vorm Abflug zusammen. Der ist zu groß, um ihn zu tarnen.<<
Nachdem sie die Einzelteile ausgepackt haben erklärt Doc das Leichtflugzeug :

>>Powertrike ist ein Spezialmotorgleiter mit zwei nebeneinander liegenden Sitzen und einem hinteren. Konstruiert von einer kleinen Firma mit uns, im Prepreg-Verfahren. Superleicht und sehr stabil. Da wir alle kein Übergewicht haben, sollten wir ihn in die Luft bekommen. Der Motor

ist jedenfalls auf das Gewicht ausgelegt. Gesamtgewicht 300 kg. Aber schneller wie 50 km werden wir nicht schaffen, bei unserem Gewicht. Bevor wir den Vogel zusammenbauen nur kurz eine Einweisung. Er verfügt über Variometer, Stallwarning, Wendezeiger, Spezial-Transponder, Kurskreisel, künstlichen Horizont, TCAS, Powerflarmcore und GPS / Navigation in Nachtsicht. Das ELT habe ich ausgebaut, die Villa hat uns ja auf dem Schirm. Die IFR-Ausstattung ist für die Landschaft hier bis zum Ziel ausgelegt. Wir brauchen nur auf eventuelle Handkorrekturen achten. Wind, Berge Stromleitungen, aber wem erzähle ich das. Komm wir bauen jetzt den Vogel zusammen.<<

Binnen einer Stunde ist das Leichtflugzeug soweit fertig bis auf die Flügel. Das Tarnnetz verbirgt wieder Gleiter und Palette. Dann machen sie sich gemeinsam auf zum Versteck. Asifa schaut Robert und Volker ungläubig an. >>Mit dem Gerät kommen wir hier weg? Wie bitte, auf der Straße haben wir doch keine Chance. Die kontrollieren doch die Straße.<<
>>Keine Sorge Asifa, wir fliegen über die

hinweg. Wenn alles gut geht, sind wir morgen in Sicherheit.<<

>>Wir fliegen? Mit dem Gestell da unten? Da habe ich Angst.<<

Doc mischt sich ein.

>>Es gibt keine andere Alternative. Du fliegst mit oder Du bleibst hier. Deine Entscheidung. Wir beiden fliegen.<<

Schaut dabei Robert an. Der ihm zu nickt.

>>Doc, wer fliegt das Ding, Du oder ich?<<

>>Ja, ich, ich habe den Gleiter mehrmals geflogen, kenne die Stärken und vor allen die Schwächen des Vogels. Mir wäre es lieb Du übernimmst die Navigation, ist das so Ok?<<

Asifa fragt nochmals ängstlich:

>>Bin ich in dem Flugzeug auch sicher?<<

Doc schaut sie verächtlich an.

>>Bist Du hier unten sicher? Wir sind doch bei Dir. Wenn kein Sandsturm kommt, fliegen wir immer nach Westen.<<

Er spricht Robert an.

>>Die Villa weiß Bescheid, dass wir heute Nacht starten. Wir melden uns nur, wenn wir Hilfe brauchen. Treffpunkt siehe GPS. Hast Du noch Fragen?<<

>>Nein, komm wir teilen den Proviant auf und vergraben was wir nicht mitnehmen.<<

*

Nähe Palmyra

Breite/Länge: 34°44'N / 36°43'E

Uhrzeit: 2100B   AsR

Die Nacht ist hell, da Vollmond ist. Die drei bewegen sich vorsichtig den Hügel runter zum Versteck der Palette. Robert geht mit Asifa zur Straße.
>>Asifa, achte bitte genau auf beide Seiten der Straße. Wenn Du meinst etwas kommt auf uns zu, genügt ein Warnruf. Verwende bitte das Nachtsichtgerät. Unser Leben hängt davon ab das wir hier unbeschadet weg kommen. Ich baue mit Doc den Flügel zusammen und kommen dann zur Straße.<<
>>Was mache ich wenn ich euch gewarnt habe? Wo soll ich dann hin?<<
>>Du versteckst Dich hinter einem der Felsen und wartest ab. Wir sind dann gleich bei Dir.<<
Nach 20 Minuten ist der Flügel befestig und der

Motorgleiter startklar.
\>\>Vorsicht, Achtung ein Fahrzeug kommt.\<\<
Asifa verschwindet in der Dunkelheit. Doc und Robert greifen zu den Waffen und bewegen sich lautlos zur Straße hin. Beziehen getrennt voneinander Stellung am Straßenrand, um einen evtl. Gegner ins Kreuzfeuer zu nehmen .
Ein Militärfahrzeug mit schwarzer IS-Flagge fährt mit hoher Geschwindigkeit an ihnen vorbei.
\>\>Was machen wir Robert, warten wir ab, ob noch weiteres Militär kommt oder starten wir.\<\<
\>\>Wir starten, ich gebe durch, dass die Post unterwegs ist und dann nichts wie weg hier.\<\<
Die beiden schieben vorsichtig das Fluggestell zu Straße. Asifa kommt aus ihrem Versteck, bleibt abwartend am Felsen stehen.
\>\>Robert, ich setz mich schon mit Asifa, Du drehst den Propeller zum Starten.\<\<
Der erste Versuch misslingt. Es tuckert nur.
\>\>Versuch es kräftiger.\>\>
Der Motor springt mit einem Ruck an, der Propeller dreht sich. Das Motorgeräusch hört sich in der Stille der Nacht übermäßig laut an.
\>\>Kontrollier noch mal beide Seiten und dann nimm Platz.\<\<

Als er im Sitz hängt, überprüft er Asifa,s Gurt und nimmt ihre Hand. Dankbar rückt sie näher.
>>Still sitzen, wir starten.<<
Der Motor dreht lauter auf, und das Gefährt bewegt sich langsam auf der Straße. Wird schneller und schneller, hebt dann ab. Erleichtert schlägt Doc von hinten auf Roberts Schulter. Durch den Motorkrach hört man Doc,s Stimme:
>>Mann bin ich froh, dass wir in der Luft sind. Wir fliegen längsseits der Straße. Das ist unsere Richtschnur. Achte Du auf die Navigation, dass wir immer links sind von der Straße. Ich habe die Motoranzeigen im Auge.<<
Nach einigen Minuten tauchen am Horizont Lichter auf. Robert spricht Asifa an, die ängstlich zusammengeduckt in die Nacht starrt.
>>Das da unten, die Lichter, das ist Palmyra. Wir bewegen uns dann gleich hinter Holms in Richtung Libanon, zu einem kleinen Flughafen hin. Das sind ca.250 km. Das sollten wir schaffen bis es hell wird.<<

*

An der Straßensperre vor Palmyra schauen zwei Dschihadisten in den Nachthimmel, der hier wolkenverhangen ist.
>>Hör mal, Madschid. Was ist das? Ein Flugzeug? Was meinst Du?<<
>>Ich sehe nichts, vielleicht eine der Drohnen von den Amerikanern. Gehe besser vom Fahrzeug weg, falls die uns erwischen wollen. Die Mistdinger sehen auch nachts. Die haben alles, die Amerikaner, die Hunde bei Allah. Nachtgläser, das ist das was wir auch bräuchten. Gib das mal durch, da ist Gefahr in Anmarsch.<<
>>Sollen wir versuchen die abzuschießen?<<
>>Bei Allah, bist Du verrückt, die noch auf uns aufmerksam zu machen. Ich bin froh, dass wir hier abseits der Fronten sind oder willst Du zu den Jungfrauen? Mit was wolltest Du die denn beschießen? Doch nicht mit der Kalaschnikow, spar Dir die Kugeln für die Ungläubigen. Außerdem ist die schon längst weg.<<
In der Ferne verklingt das Motorengeräusch in der Nacht.

*

Die Dornier Do 28 D „Skyservant" fliegt dicht über den Wasserspiegel des Mittelmeers. Ihr Hoheitszeichen und die Beschriftung sind verwaschen und kaum wahrzunehmen. Im Küstenbereich von Syrien, südlich der Stadt Tartus, schwenkt die sandfarbene Maschine ab nach Süden. Tritt auf der Höhe des kleinen Fischerdorfs Aarida in den Luftraum des Libanons ein. Nimmtdann Kurz auf den Flughafen Qlayaat. Landet, rollt abseits der kleinen Empfangshalle aus, stellt aber die Propeller nicht ab. Leutnant Klaus Rensing blickt angespannt aus dem Cockpit. Die Uhr zeigt 0549B. Im Osten steigt die Morgenröte auf. Er spricht seinen Co-Piloten an.
>>Johannes, mach die Türen auf und achte auf Terroristen. Wir haben zwar eine Landegenehmigung, aber in diesen Ländern weiß man nie. Das Codewort, achte auf das Codewort. Wenn ich einen Schuss höre, starte ich, egal was passiert. Hoffe, dass Du dann auch in der Maschine bist.<<
Die Minuten verrinnen. Nichts passiert. Beide Piloten werden nervös. Vom Gebäude nähert

sich ein laut knatterndes Moped.

\>\>Scheiße, was will der denn? <<

Ein Motorgeräusch, das aus der Ferne kommt, lässt den Copiloten aufschauen. Die Powertrike schwebt von Osten auf den kleinen Flugplatz zu und setzt zur Landung an, rollt dann aus bis an die DO28. Gleichzeitig erreicht das Moped die Flugzeuge. Ein älterer Mann kippt sein Moped um, springt ab und fuchtelt mit seinen Armen, schreit gegen den Propellerlärm an.

\>\>Papiere, ich will Papiere sehen. Was ist hier los?<<

Neugierig schaut er von einem Flugzeug zum andern. Doc stellt den Motor ab, springt aus dem Sitz.

\>\>Soll ich den umlegen, nicht das der hier noch Terror macht.<<

Robert winkt ab und geht auf den Mann zu. Die beiden verhandeln einige Zeit. Asifa ist in der Do 28 verschwunden. Doc und der Copilot verstauen den Gleiter im Frachtraum. Doc steht im Türrahmen mit gezogener Pistole und zielt auf den Flugplatzangestellten.

\>\>Robert komm, wir wollen hier los. Was ist, kommst Du nicht mit dem da klar. Eine Kugel regelt das auch.<<

Die beiden Männer verabschieden sich kameradschaftlich, der eine steigt auf sein Moped und Robert springt in die Do. In dem Moment rollt auch schon die Maschine an.

>>Mann Robert, was gab es da so lange zu diskutieren, jede Minute ist uns wichtig. Je schneller wir hier aus dem Luftraum sind, je sicherer sind wir.<<

>>Gewalt ist nicht immer die Lösung. Stell Dir vor, die hätten uns noch ihre Luftwaffe auf den Hals geschickt, nur weil wir so geizig waren dem armen Schwein da unten einige Dollar zu geben. Du kennst doch das Zauberwort im Orient : Papiere gleich Dollars. So jetzt brauche ich ein kaltes Bier.<<

Die Maschine fliegt wieder dicht über der Wasseroberfläche der Heimat zu.

*

Eine zerlumpte Gestalt klingelt in der Yorkstraße 9 in Bad Godesberg bei Wieller. Hier draußen ist es kalt und dunkel. Sein beigefarbiger Kaftan ist zerrissen und staubig, weht im eisigen Wind.

\>\>Was wollen Sie?<<
\>\>Ich bin ein Sohn der Sonne und der Wüste, soll hier ein Geschenk abgeben.<<
Erstaunt blickt Jane in den Monitor.
\>\> Robert bist Du das? Wo kommst Du bloß her?<<
Der Türöffner brummt. Es dauert einige Minuten bis der Mann im zweiten Stock vor ihrer Tür erscheint.
\>\>Was soll das? Wo kommst Du bitte schön her? Was ist das überhaupt für eine Kleidung? <<
\>\>Direkt aus der Wüste, ich soll hier ein Geschenk abgeben. Oh Allah, das Leben ist so grausam, warum muss ich immer vor dieser Tür landen. Hat mich das Weib verhext?<<
Hebt seinen Kaftan an und grinst frech. Fassungslos starrt Jane auf sein Geschlechtsteil, um das eine breite, rote Schleife gebunden ist.
\>\>Mein Gott, komm bloß rein hier, die Überwachungskamera läuft doch.<<
Die Tür fällt ins Schloss, hinter der man noch den Satz hört:
\>\>Du wieder mit Deinen Geschenken, ich denke Du wolltest mir neue Tricks beibringen?<<
\>\>Abwarten meine Liebe, abwarten, erst das Geschenk auspacken.<<

***

Berlin

Der Himmel über Berlin ist grau, vom Kanal zieht die Luft feucht und kühl rüber.

Ein cremefarbenes Taxi biegt in den Werderschen Mark und hält vorm Eingang des Auswärtigen Amt. Drei Personen verlassen das Fahrzeug und gehen auf die Kontrolle zu. Weisen sich aus und betreten das Gebäude.

Im ersten Stock kommt ihnen ein Beamter entgegen und bittet sie in ein Büro. Das Büro ist hell und modern eingerichtet. Vor dem Konferenztisch verharren die drei. Der Vertreter vom Amt, Staatssekretär Hintze, begrüßt sie und bittet sie sich zu setzen.
>>Wir müssen uns einen Moment gedulden, Regierungsrat Thielenbach vom Bundesamt für Verfassungsschutz verspätet sich geringfügig. Darf ich Ihnen etwas kommen lassen, Kaffee, Tee oder Wasser?<<
In diesem Moment öffnet sich die Tür und Regierungsrat Thielenbach betritt den Raum.

Ohne einen Gruß legt der los:
>>Um was bitte Wichtiges handelt es sich hier, dass man meinen Terminkalender durcheinanderbringt? Und wer sind diese Herrschaften?<<
Arrogant schaut er Staatssekretär Hintze an.
>>Ich darf dann mal vorstellen; Frau von Basrini, ihr Name muss nicht der Wahrheit entsprechen, Herr Prof. Weil, Herr Hartmann und mein Name ist Hintz, Staatssekretär Hintz, reicht Ihnen das?<<
Erwidert er gelassen. Blickt die drei an und führt weiter aus.
>>Herr Regierungsrat Thielenbach, vom Verfassungsschutz, wie sie ja wissen, eine weitere Ausführung verbietet mir meine Erziehung.<<
>>Von welcher Dienststelle sind die Herrschaften?<<
Bellt es zurück.
Prof Weil antwortet: >> Die Herrschaften sind von keiner Dienststelle, aber eins kann ich Ihnen garantieren, wenn Sie nicht augenblicklich zu einer normalen Konversation finden, erleben Sie heute einen Karriereknick, Herr Regierungsrat.

So jetzt lassen sie uns zum Thema kommen, denn auch unsere Zeit ist nicht unbegrenzt. Ich darf vorschlagen, das Gespräch in Englisch zu führen, da Frau von Basrini der deutschen Sprache nicht mächtig ist oder können sie dann nicht folgen Herr Thielenbach?<<
Beleidigt dreht der sich wortlos zum Fenster.
>>Durch eine Nachricht vom Kern der Terror-Miliz Islamischer Staat ist es uns gelungen zu einigen wichtigen Fakten zu gelangen, die Deutschland und seine Bevölkerung betreffen. Ich darf dann das Wort an Frau von Basrini weiter geben.<<
>>Halt, einen Moment, darf ich fragen, wie sie zu den Erkenntnissen gelangten?<<
Er blickt die drei abwechselnd an.
>>Leider sind uns die Hände durch die deutschen Gesetze gebunden, das sollten Sie aber wissen. Staatsgeheimnis.<<
>>Na gut, dann bitte ich um den Bericht.<<
>>Meine Herren, durch meine frühere Tätigkeit, die aber jetzt nichts zur Sache tut, bin ich zu Kenntnissen gelangt die speziell Deutschland betreffen. Der IS plant und hat im Großen einen Angriff auf die deutsche Bevölkerung

vorgesehen. Wie sagen Sie im Westen, weiche Ziele. Mit Fallschirmen und Fallschirmbomben in Großveranstaltungen wie in Fußballstadien, Oktoberfest sowie Einkaufzentren. Vergiftung von Trinkwasser bis hin zu Bank- und Supermarktüberfällen zur Geldbeschaffung. Aber der wahre Terror liegt viel tiefer. Der trifft eure Kinder. Einzeltäter sind schon bei euch eingesickert und warten auf eine gute Gelegenheit, um zuzuschlagen. Vorgesehen ist ein engmaschiges Netz von Terroranschlägen, um die Bevölkerung total zu verunsichern. Die Destabilisierung Deutschlands ist ihr angestrebtes Ziel. Ihr in eurem Gutmenschwahn habt dem IS ermöglicht, gefahrlos ihre Terroristen einzusetzen. Sie als Flüchtlinge ohne Kontrolle aufzunehmen. Unglaublich. Aber zurück zu der Gefahr. Angriffsziele sind Kindergärten, Jugendstätten, Veranstaltungen mit Kindern. Selbst Kirchenangriffe sind vorgesehen. Ich weiß nicht, wie ihr euch dagegen schützen könnt. Kommt von eurem arroganten Demokratiedenken weg, dann habt ihr vielleicht eine Chance. Wisst Ihr was die alles den Kämpfern bei uns erzählen, dass euer Wohlstand begründet ist durch unsere toten Brüder, Schwestern und unsere Kinder. Leistung geht überall immer nur gegen Gegenleistung. Ihr aber gebt den Flüchtlingen Häuser, Geld und Luxus, ohne eine Gegenleistung. Nur weil ihr ein schlechtes Gewissen uns gegenüber habt und schwach seid. Allein das gibt ihnen Recht. Die Schläfer auf Euren Flughäfen, die kennt Ihr mit Sicherheit auch nicht. Dies zahlt jetzt der IS mit Angst und Tod zurück. Das ist der Kern meines Wissens, Orte und Zeiträume sind mir nicht bekannt.<<

Regierungsrat Thielenbach beugt sich vor und schaut Asifa fragend an.

>> Das ist doch alles Unsinn, was Sie uns hier servieren. Alles längst bekannt. In welcher Form will uns denn der IS angreifen, das würde mich mal interessieren, unser Geheimdienst schläft doch nicht.<<

Hintz nickt ihm zustimmend zu.

>>Die militärischen Einsätze kenne ich nicht, mein Resort lag im Finanzwesen. Einiges bekommt man aber doch mit. Können Sie sich vorstellen, dass Kinder zu Bomben werden. Dass alte Männer Geld für ihre Familie erhalten, um

als Täter zu fungieren. Dass Behinderte und Todkranke als Terroristen Versammlungen und Menschenansammlungen angreifen. Das können sich westliche Regierungen kaum vorstellen. Auch Tiere werden als Angreifer mit Sprengbomben versehen, also stellen Sie sich auf den größten denkmöglichsten Terror ein. Achten sie auf Trinkwasserversorgung, Stromversorger, Sicherheit auf Flughäfen und Schulen. Allein ein Angriff auf die Stromversorgung in Europa durch Hackerattacken und Softwareverfälschung würden in vielen Ländern die Wirtschaft beschädigen sowie die Bevölkerung verunsichern, denken Sie darüber einmal mach, meine Herren. Dann werden Sie erfahren wie verzweifelt ein Land werden kann. <<

>>Verfügen Sie über eine Liste von potentiellen Terroristen, Frau von Basrini?<<

Asifa flüstert Robert zu:

>>Die Namensliste teile ich denen hier nicht mit, ich misstraue allen Politikern und Beamten, auch euren.<<

>>Ok, wie Du meinst, dann eben unter uns.<<

Robert wendet sich an die Beamten:

>>Das sind soweit unsere Erkenntnisse, die

Namensliste der Terroristen werden wir zusammenfassen und den zuständigen Behörden übermitteln. Wir dürfen uns dann verabschieden.<<

Erstaunt blickt Staatssekretär Hintz auf.

>>Gut, meine Dame und Herren, ich fasse mal zusammen, wir danken Ihnen für Ihren Einsatz und den Bericht. Wir werden uns beraten und dann gegebenenfalls reagieren. Die Liste der Verdächtigen überstellen Sie bitte an den BKA und die Generalstaatsanwaltschaft. Beim Verlassen des Büros murmelt Regierungsrat Thielenbach:

>>Das ganze Theater hier sieht mal wieder nach dem Zirkus vom BND aus.<<

***

Epilog

Die Villa gibt die Liste an BND, BKA und Bundes-Generalstaatsanwaltschaft weiter. Hier wird aber keine akute Bedrohung der Öffentlichkeit erkannt.

*

Hamid Ahamdi, 26 Jahre, afghanischer Asylant.

Berliner Polizeibericht vom 2.06: 21 Uhr
Auf der U-Bahnlinie U6, Ortsteil Weeding, U-Bahnhof Seestraße ereignete sich gegen 20:45 ein tragischer Unfall. Ein unbekannter Reisender stürzte direkt vor die einfahrende U-Bahn. Aufgenommene Zeugenaussagen sind widersprüchlich. Die Spurensicherung hat den Verkehr noch nicht freigegeben. Außerdem muss noch die Videoüberwachung ausgewertet werden. Der Fahrleiter der Bahn ist mit Schock ins Krankenhaus gebracht worden und noch nicht vernehmungsfähig. Weitere Ermittlungen laufen noch.

*

Kamal Saeed, 18 Jahre, Flüchtling aus Syrien.

Der bayrische Rundfunk berichtete am 19.06:
Nach dem ein Mitbewohner nicht in die gemeinsame Wohnung von Kamal S. im Stadtteil Schanthalerhöhe kam, brach die Feuerwehr die von innen verschlossene Eingangstür auf. Den syrischen Flüchtling fanden die Beamten der Feuerwehr ertrunken in der Kloschüssel vor. Alle Anwohner sowie sein Mitbewohner stehen vor einem Rätsel.

*

Faris Salman, 29 Jahre.

Polizeibericht vom 21.06, Bochum:

Der irakische Asylanwärter ist von der Heimleitung als vermisst gemeldet. Faris Salman galt als ruhiger, aufgeschlossener junger Mann. Sein Verschwinden ist allen unerklärlich.

*

Djamal Baba, 22, und Zarif Hamad, 21,
Flüchtlinge aus Syrien.

Zeitungsartikel vom 21.06
In einem Asylantenheim Würzburg ist es zu einem tragischen Vorfall gekommen. Durch einen Streit zwischen Djamal B. und Zarif H., der so stark eskaliertet, dass sich die beiden auf noch ungeklärte Weise erschossen. Woher die Schusswaffe kam, muss noch ermittelt werden. Mitbewohner und Heimleitung sind fassungslos, stehen vor einem Rätsel. Beide galten als enge Freunde und zurückhaltend.

*

Yusuf Al Khatib, 17 Jahre, Iraker.

An einer Kreuzung in der Innenstadt von Hameln kam es in der Nacht zu einem tragischen Verkehrsunfall. Ein junger Flüchtling aus dem Irak wurde beim Überqueren der Fahrbahn von einem unbekannten Fahrzeug angefahren und tödlich verletzt. Der Fahrer des Unglücksfahrzeugs ist flüchtig.

*

Ismail, Mahrous, 31 Jahre.

Er ist von seiner Familie als vermisst gemeldet worden. Seine persönlichen Sachen verblieben in seinem Zimmer. Eine Frau Grottmöller, die Nachbarin, kann sich das nicht erklären.
>>Er hatte doch Ziele und viele Freunde aus seiner Heimat.<<

*

Faizah Abdal-Rahman, 22 Jahre, Syrier.

Stuttgarter Kurier, 29.07.
Für die Müllabfuhr gab es am Morgen des 28.7. eine böse Situation. Als die Männer in der Cannbacherstraße eine zusätzliche Mülltonne kontrollierten, wartete eine unangenehme Überraschung auf sie. Eine männliche Leiche steckte kopfüber in der Tonne. Die Kripo geht von einem Gewaltverbrechen aus. Die Ermittlungen sind noch nicht abgeschlossen.

*

Sabrin Awan, 30, Irakerin, seit einem Jahr in Hamburg-Sant Georg, ledig.

Polizeibericht vom 02.07
In den Abendstunden des 01. Juni wurde die 30 jährige Sabrin Awan leblos in einer Gemeinschaftswohnung im Stadtteil St .Georg tod aufgefunden. Der Amtsarzt, Dr. Bach, diagnostizierte eine Überdosis Betäubungsmittel. Sarbin Awan ist polizeilich aktenkundig als Drogendealerin.

*

Peter Hoffmann, 24, alias Abu Al Sura, Syrienrückkehrer. Gelsenkirchen

Polizeibericht vom 22.07.
Ein Peter Hoffmann, selbsternannter Abu Al Sura, wurde heute Morgen erhängt im Haus seiner Eltern in Bochum vorgefunden. Die Polizei geht von einem Selbstmord aus.

Die Eltern sagten gegenüber der Presse:
Das war niemals Selbstmord, man hat unseren Jungen hingerichtet. Wie kann ein Mensch, der mit den Hände nach hinten gefesselt ist, sich erhängen. Das glaubt doch keiner, wir jedenfalls nicht.

*

Der Generalbundesanwalt beim Bundesgerichtshof in Karlsruhe teilt in einer Pressemitteilung vom 20.08. folgendes mit:

„Bei den untersuchten Fällen: Awan, Hoffmann, Al Khatib, Mahtuos, Hamad, Abdal-Rahman, Saeed, Baba, Salman und Ahamdi konnten keine Fremdeinwirkungen festgestellt werden. Somit sind die Akten geschlossen worden."

***

Vor einem geheimen NATO Special Committee des Allied Command Europe Counter Intelligence Activity (ACE CI) diskutieren hohe Beamte mit Asifa und Dr. Dr. Alexander Preuss. Asifa berichtet detailliert über ihre Tätigkeiten für den IS und den Terror gegen die Bevölkerung in Al Raqqa. Je länger die Unterredung dauert um so schärfer werden ihre Forderungen gegen den Terrorismus. Dr. Preuss spricht sie dann an.
>>Nein, so kommst Du nicht weiter, überlass das den Spezialisten und vergeude keine Energie der Gedanken. Auge um Auge lässt uns nur blind werden und Zahn um Zahn sprachlos. Wer soll dann noch zu einer Verständigung kommen, die blinden zahnlosen? Nein die Kriege währen endlos, schau Dich um in der jüngsten Geschichte.<<
Sie nimmt sich etwas zurück antwortet aber bestimmt.
>>Wer arm ist, hat immer unrecht, so ist das doch bei euch in der Demokratie. Ihr habt nicht einen Diktator oder Herrscher, nein tausende, eure Beamten. Frage ist nur was schädlicher fürs Volk ist? Bei Versagen, gibt es keine wahren Schuldigen bei euch. Was ich sagen will ist dies, auch bei uns regiert Geld die Welt, nur bei uns wird das nicht bestritten wie bei euch im Westen.

Und beim Versagen von Ämtern rollen mitunter auch Köpfe. Wenn ihr nicht mit den gleichen Gesetzen wie aus den Fluchtländern und deren Härte gegen die Terroristen vorgeht, versinkt ihr eines Tages im Bürgerkrieg, die tragen ihre Probleme und ihren Hass zu Euch. Mehr kann ich nicht sagen. Für meine Rettung, nochmals Danke.<<

*

Es ist Sonntag ,12:37, in der Grand Street 151, Newburgh, klingelt das Telefon.
\>> Johnson, mit wem spreche ich?<<
Pause.
\>>Hallo, hallo, melden Sie sich.<<
Gerade als er auflegen will, meldet sich eine Frauenstimme.
\>>Spreche ich mit Herrn David Johnson.<<
\>>Mit dem sind sie verbunden, aber wer sind Sie und um was geht es bitte?<<
\>>Oh entschuldigen Sie, mein Name ist Christine Beckie von der Angeltour aus Gananoqe, Kanada. Sie haben vor einigen Monaten bei uns eine Angeltour gebucht und ich wollte nur nachfragen, ob der Termin von Ihnen bestätigt wird?<<
\>> Angeltour, Angeltour , helfen Sie mir, wann

und mit wem?<<
>>Mit Kapitän Ryder aus Gananoqe, der ist doch ein alter Bekannter von Ihnen und wir kennen uns auch. Sind doch gemeinsam schon über den Ontario gefahren. Hatten zusammen einen großen Lachs gefangen, erinnern Sie sich.<<
Eine Pause. Die Erkenntnis trifft David wie ein Keulenschlag „*Asifa*,,
>>Ja, ich erinnere mich, nur das Datum ist mir entfallen, zu wann hatte ich gebucht?<<
>>Morgen, vormittags 9 Uhr, von Clayton Hafen aus , bis nach Gananoqe. <<
>>Gut ich freue mich, wir sehen uns dann..<<
Dann ist das Telefon still. Sehr bewegt geht Captain David Johnson packen.

***

Personen:

In der „Villa„

Dr. Dr. Alexander Preuss: Direktor der Villa.

Prof. Thomas Weil: Operationsleiter Außendienst und Analyst.

Klaus Grüters: Leiter der Analyseabteilung.

Anke Biedermeyer: Dolmetscherin und Sprachanalystin.

Robert Hartmann: Teamleiter Außenagenten.

Volker Nuri „ Doc„ : Außenagent.

Stephan Neuer: Außenagent.

Frank Heiler: Außenagent.

Andreas Ude: Außenagent.

Alexandra Timke: Außenagentin.

Forschung Waffen und Werkstatt:

Prof. Dr. Uwe Kraus: Leiter für Forschung und Werkstatt.

Dr. Pierre Bauer: Forschung: Werkstoffe, Chemie-Waffen.

Dr. Dr. Klaus Baumann: Experte für biologische Waffen.

Abteilung Finanzen:

Hans Fechter: Subdirektor und Finanzchef.

Forschung:

Dr. Peter Lauer: Koordinator für Forschung und Wissenschaften mit den Universitäten.

Abteilung Recht:

Jane Wieller: Rechtsanwältin.

Sicherheitsbüro in der Villa:

Britta Knapps: IT-Analystin und Überwachung.

*

IS-Terroristen

Asifa Basri: Internationale Verhandlungsführerin der Glaubenskrieger in Finanzen.

Kamil al Julani: Wirtschaftsfachmann der Glaubenskrieger.

Ibrahim Merah: Technik-Genie, Bombenbauer, IT-Ingenieur.

Sami al-Dschabir: Sprachgenie, spricht sechs Sprachen. Berater der Führungselite.

Abu Abdullah al-Masri: Chefideologe der IS-Führung. Verstorben.

Yassir al-Muwallid: Manager für Europa.

*

Syrien:

Abu Omar al-Turkmani: Militärkommandant für Syrien.

Mohammad al Maidi: Büroleiter der Finanzabteilung Außenhandel.

Ahmed Malkin: IS-Kämpfer.

Hussain Farhan Hamudi: IS-Kämpfer.

*

Joint Base Balad:

Colonel Mark Brandon: Spezialagent.

Captain Ryan Roberts: Hubschrauberpilot.

Major William Singer: Staffelführer Kampfhubschrauber Apache.

Major Anthony Fallon: Staffelchef der Jagdbomber F 22.

Mark Mc Naity, Sniper bei den NAVY SEAL.

*

David Johnson: Lehrer an der Militär-Akademie- West Point.

Ryder Nicloux: Fischer und Schmuggler.

***

Danksagung

Ja, wo fange ich mit meiner Danksagung an, bei meiner Familie, Freunden oder bei jenen, mich immer wieder auf meine Fehler hingewiesen haben? Nein, ich mach das mal anders. Mein Dank, und der ist aufrichtig und ehrlich, gehört in erster Linie Ihnen meine Leser. Die sich die Mühe gemacht haben, in der unendlichen Flut von Büchern und Angeboten dieses Buch zu kaufen.
Danke, Danke, und nochmals Danke.
Der Gewinn, auch wenn er noch so klein ist, ermöglicht mir, weiter nach Ideen und Geschichten für Sie zu suchen. Mein Bemühen gebremst durch Halbwissen, Sturheit und Zweifel, aber durch eine bessere Recherche hinter die Geheimnisse und Halbwahrheiten des Lebens zu kommen. Sie lieber Leser haben dann einen wichtigen Teil dazu beigetragen, dass ich Erfolg habe, und zwar nur Sie. Ich höre schon das Unken der Literaturgegner ;
Rausgeschmissenes Geld, schau dir lieber einen Krimi im Fernsehen an. Die saufen doch so die Autoren. Alkoholfantasien und kranke Gedanken. Man warte noch ein Jahr, dann schmeißen Sie Dir die Bücher hinterher.

Was soll ich dazu sagen. Genießen Sie mein Buch und wenn es Sie unterhalten hat, dann ist jeder Cent dafür OK. Bei Kritik setze ich mich ernsthaft damit auseinander und bemühe ich michbesser zu werden.

So jetzt zu den Freunden, die ich vernachlässigt habe. Wenn ich schreibe vergesse ich die Welt um mich. Bemerke nicht ob der Kaffee, den mir meine Frau hinstellt, warm, heiß oder kalt ist. Hauptsache Kaffee. Jede Ablenkung reißt mich zurück ins Jetzt. Shit wieder raus, suche dann wieder nach dem Eingang zur Geschichte. Viele Türen, aus welcher bin ich gerade gekommen? Verliere Gedanken und manchmal den Faden, was mich oft unwirsch und unhöflich werden lässt. Was ich aber hasse. Also liebe Freunde, ich liebe Euch, nur lasst mir meine Zeit, wenn ich in einem andern Leben bin. Meine Frau kennt das schon, weiß genau, wann ich versunken bin in den Gedanken und im Leben meiner Romanpersonen. Danke dafür Annemarie.
Wen ich auf keinen Fall vergessen darf, ist meine nichtgenannte Lektorin. Auch an sie ein herzliches Danke.

EDUARDO ESMI

Weitere Romane des Autors

Krimiserie BERLIN:

FRÖHLICH WAR GESTERN

DER NACKIGMACHER

DER TOD KEHRT ZURÜCK

Humor und Kurzgeschichten:

ES LIEBT SICH SCHLECHT MIT SONNENBRAND

DAS BUCH: BLÖDSINN

ENTEN WERDEN AUCH ZUERST AM ARSCH DICK

DAS KOMMT MIR ABER SPANNISCH VOR

GESCHICHTEN AUS ORCHETA

Thriller:

IS-RAKETEN AUF BERLIN

DER SEELENKAUF

DER ERNANNTE CINESE

WENN DIE SONNE SCHWARZ WIRD

DER ARABISCHE TRAUM

OPERATION L.I.S.A.

DIE PRÄSIDENTENHURE

Berlin-Trilogie:

DIE KUDAMM STORY

STILLE TAGE IN EIVISSA

NEU

Englisch:

THE SOUL PURCHASE

Spanisch:

HISTORIAS DE ORCHETA

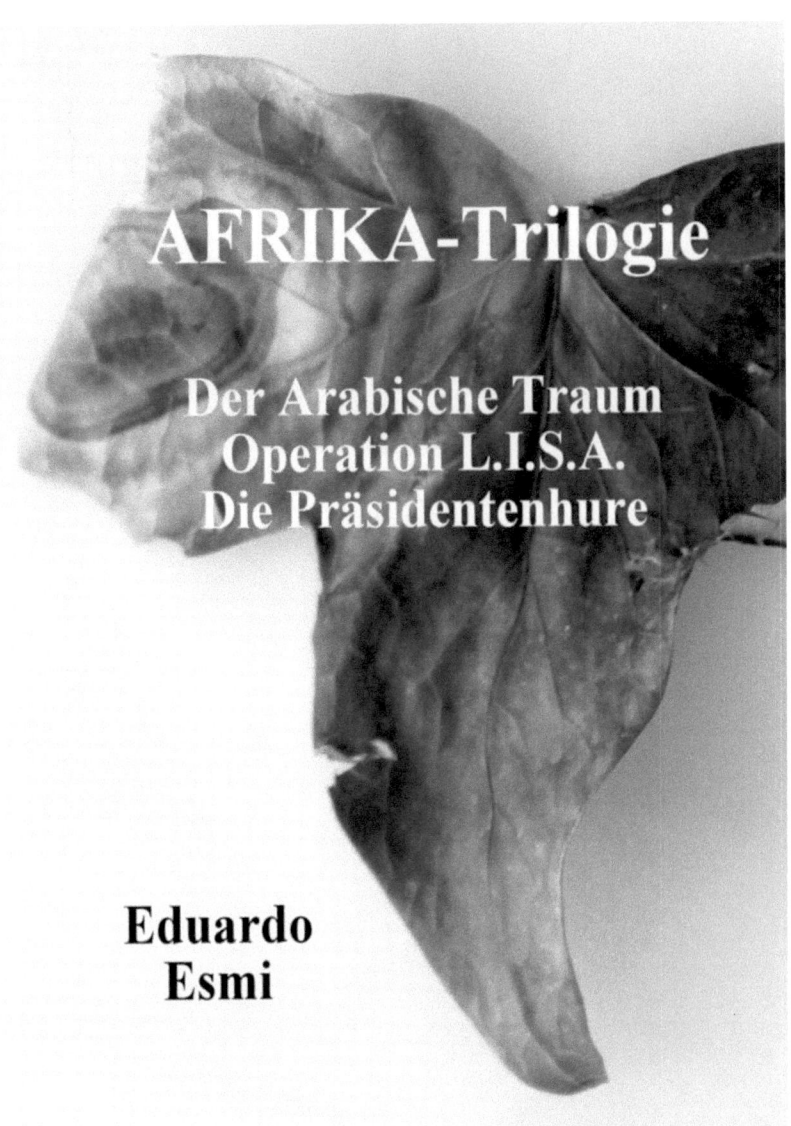

AFRIKA-Trilogie

Der Arabische Traum
Operation L.I.S.A.
Die Präsidentenhure

Eduardo Esmi

SCHÖN TEUER TOD

Ich sehe Schönheit

Ich begehre Schönheit

Ich atme Schönheit

Ich bin Schönheit

Ich sterbe in Schönheit

Eduardo Esmi

ROMAN